G

FEUX

Marguerite Yourcenar

火

[法] 玛格丽特·尤瑟纳尔 著

许予朋 ——————— 译

 上海三联书店

致赫尔墨斯

目　录

PRÉFACE

自序

《火》并非严格意义上的我青年时期的作品：这本书写于1935年；那时我32岁。作品在1936年出版，后于1957年再版，在内容上几无改动。现在这一版的文本也未有变化。

　　《火》是一次激情危机的产物，形式上类似于爱情诗集，或者如一些人所想，是一系列抒情散文，由关于爱的某种理念一以贯之。这样的作品本无需任何评述——轰轰烈烈的爱施加在受害者身上，既像一场疾病，也像一种使命；这里所说的爱既包含了经验之谈，也是那被文学反复光顾的主题。至多需要提醒的是，激发这本书的一切真实的爱情，都是在某个特定场景内部酝酿成形而后烟消云散的，需要许多交织的情感与情境的配合。在小说中，这些情感与情境甚至能推动叙事展开；在诗歌中，它们成为启发一首诗的灵感。在《火》中，这些情感与情境有时被零散的

"沉思"直接却不乏隐晦地表达出来，其中大部分摘录自私人日记。有时，情感与情境借由取自神话或历史中的叙述不那么直接地表达出来——后者为诗人跨越时间提供了支撑。

故事中出现的，无论是神话人物还是现实人物，几乎都来自古希腊，只有抹大拉的马利亚的背景为犹太—叙利亚时期。那时，基督教初具雏形，文艺复兴及巴洛克时期的画家颇爱在描绘那一时期的画作中插入许多精美的古典建筑、秀丽的衣褶与曼妙的裸体，他们可能比我们所认为的更忠于当时。所有的故事都在不同程度上对古典时代作了现代化的处理；其中的几篇更是从神话或传奇过渡至当下的几个中间阶段中获得的灵感。正因此，真正的"古典"在《火》中仅仅是一层淡淡的底色。费德尔绝不是那位古雅典的费德尔；她是从拉辛作品中提炼出的狂热的罪犯。与其说阿喀琉斯和帕特洛克罗斯是根据荷马视角刻画的，不如说是参考了从荷马时期过渡到当下这一过程中，层出不穷的诗人、画家、雕塑家产出的作品；二十世纪的色彩渗透于这两篇故事的在在处处，实际上昭示了一个没有年代的梦境世界。安提戈涅保留了古希腊悲剧中的风貌，然而就像《火》中的每一个故事一样，这场内战及反抗不公正权威的梦魇，承载的更多是现代元素或近古典时代的元素。蕾娜的故事灵感来自一个被呼作这个名字的交际花，人们对她知之甚少，她曾参与了公元前525年哈尔摩狄奥斯与阿里斯托革顿组织的一场阴谋。然而，现代希腊的地方色彩与眼下羁绊时人的内战，几乎掩盖了这篇故事中六世纪的那层凝灰岩。克吕泰涅斯特拉的独白中，1924年希腊—土耳其冲突时期的希腊乡村以及达达尼尔海峡上的驻军，融入了荷马时期的迈锡尼。斐多的故事演化自第欧根尼·拉尔修[1]描写苏格拉底这位年轻学生的篇章，1935年间的雅典之夜与阿尔西比亚德斯辉煌的青年时期重叠在一起。抹大拉的马利亚的故事延续了《金色传奇》[2]（这本虔诚的集子后因缺乏真实性而见弃于作者）所确立的传统，在

---

[1] 第欧根尼·拉尔修，罗马帝国时代的哲学史家。——译者注（以后如无说明均为译者注）

[2]《金色传奇》（*Légende doré*），热那亚大主教雅克·德·沃拉金撰写的一部神学作品，作品讲述了多位基督教圣徒和殉道者的生平。

书中这位圣女是圣约翰的妻子，后者为了追随上帝而将她抛弃。这篇取材自伪福音书的叙事所提及的中东，是那个属于往昔的永续的世界，然而混淆时间的现代性依然借由隐喻及双关语散落在文本当中。萨福的历险取自一则绝对是伪造而来的希腊传说，传说中诗人为了一位无动于衷的美人自杀了。不过这里的萨福是杂技演员，她属于两次世界大战期间那个纵情享乐的国际化世界。易装癖所制造的闹剧，更贴近莎士比亚的喜剧，而非古希腊戏剧主题。时代的重叠在《火》中体现得淋漓尽致：将过去混入当下，当下遂又变为过去。

所有的作品都有自己的年份，有这样一个标识未尝不是好事。作品所处的时代通过两种方式对其进行了限定和包装：一方面是时代本身的色彩与气息，它们多多少少浸润了作者的生活；另一方面，特别是对于年轻作家而言，是为接受或反抗不同文学流派浸染时所设计的复杂游戏。想要辨别多种多样的渗透之源流并非易事。我能从《斐多或眩晕》中轻易地识别出保罗·瓦莱里[1]追求感官享乐的人文主义影响，尽管精美的表象之上，蒙着一层绝非瓦莱里式的激烈。《火》中反抗式的暴力在有意无意间挑战着吉罗杜[2]笔下精致而巴黎化的希腊，后者激怒了我，就像一切我们全盘反对却又近在咫尺的事物一样。如今我注意到，我与吉罗杜同样在以现代审美阐释古典，但也许只有最细心的读者才能发现，吉罗杜笔下那个被置于法国文化传统当中的希腊世界与我所尝试描绘的那个谵妄的世界之间，具有难以察觉的不同之处。不过我欣赏科克托[3]；他那善于故弄玄虚、巫术般的禀赋使我颇受触动。只不过他也常常耽于使用幻术师们骗人的末技，这又令我愤慨。《火》中的人物在述说时往往带着一种倨傲的坦率——有时被稍加掩饰，有时则不然；他们如此咄咄逼人，只愿向了解情况或被吸引来的读者倾诉，与那些娴熟、轻率的妥协相比，这一

---

1 在第一组沉思中，"令人敬佩的保罗"印证了对瓦莱里作品的兴趣。这句沉思所反对的瓦莱里的箴言，出现在其 1932 年的作品《沉默的事物》（*Choses tues*）中。——作者注

2 让·吉罗杜，二十世纪法国作家、外交家。

3 让·科克托，二十世纪法国小说家、剧作家。与吉罗杜一样，科克托的多部重要作品涉及对希腊神话的重述。

切无疑显得更加剑拔弩张。科克托提供的先例无疑鼓励了我运用诗学中双关语这一古老的手法，而超现实主义者也在同一时期使用了这种手法，只是方式上略具不同。不过就算没有过去的诗人甚至是同时代的诗人作出示范，我也不认为这些含义过丰的词语会将我置于险地。它们恰恰呼应了我刚刚谈到的《火》中的重叠主题。而在与其他当代文学进行比较时，其余的浮在表面的近似之处则源于我曾提到的生活本身。

对三幕芭蕾舞剧表演的狂热、对音乐厅及对电影的狂热，这在1935年间30岁左右的那一代人中是共通的。正因此，在《阿喀琉斯或谎言》中，阿喀琉斯与米珊德拉奔下塔楼台阶时那段叙述呈现出的典型的梦境氛围，与那带着翅膀的芭赫贝特[1]进行飞行练习时相似——他身后还拖着象征胜利的经典的长袍。日后，我曾在佛罗里达再度见到他，一次可怕的坠落摧毁了他，他将技艺传授给了巴诺姆剧团的杂技演员。在《斐多或眩晕》中，星辰的舞蹈与歌

---

1 芭赫贝特，二十世纪美国知名变装演员、高空秋千表演艺术家。

舞表演相类。在《帕特洛克罗斯或命运》中，阿喀琉斯与亚马逊人之间的决斗，就像是佳吉列夫或马辛尼[1]重现的巴洛克风格芭蕾，电影制作人的镜头也曾多次"扫视"这一主题。它具有一种不安的游戏氛围。在《安提戈涅或选择》中，通过侵略这一紧扣时代的主题，光柱追随着书中主人公在舞台上的动作变化，仿佛即将变成集中营中阴森可怖的探照灯：对政治风险的敏感性沉重地压迫着时人，它在多位二战后诗人、作家的作品中留下了不可磨灭的痕迹。《火》像同一时期的其他作品一样，自然而然携有时代的暗影。

再进一步深入地分析，也只能挖掘出一些纯粹的自传式痕迹：《萨福或自杀》的创作与我的自身经历相关，它的灵感源自一段在佩拉区[2]上演的百戏表演，创作于一条泊在博斯普鲁斯海峡的轮船甲板上。那

---

1 佳吉列夫，二十世纪俄罗斯知名艺术评论家、赞助人。1909 年，佳吉列夫创立俄罗斯芭蕾舞团，并将俄国芭蕾成功推广至全欧洲。马辛尼（Massine，1895—1979）是佳吉列夫的舞团中最著名的芭蕾舞者、编舞师之一。

2 在两次世界大战的期间，佩拉区（现为贝伊奥卢区）曾是伊斯坦布尔最繁华的街区之一，来自欧洲各国的流亡政客、艺术家聚集在此。

时，一位希腊朋友的留声机正孜孜不倦地播放一首美国通俗小调："他迈入空中，无与伦比地从容，亲爱的飞驰在高空秋千上的年轻人。"这些细节糅合了古典时期女诗人的生平传奇，糅合了文艺复兴时期男扮女装的印记，糅合了庞维勒[1]用善于描绘幻境的笔致对小丑投向高空写下的寥寥几节佳句，糅合了德加[2]一幅出色的绘画作品，以及当时出没在君士坦丁堡每一间酒吧里形形色色的、曾在世界各地漂泊的身影。从文学阐释的角度出发，也许还有一点需要注意，那就是《火》中的雅典保留了我在凯拉米克斯古雅典墓地漫步时获得的印象：荒烟蔓草，残碑林立，邻近有轨电车站刺耳的噪音如影随形；住在贫民窟里会算命的女人用土耳其咖啡的渣滓占卜未来；一小群年轻男女结束了四处闲荡的长夜，他们或将在不日之内暴毙，或正经历着慢性死亡。他们时不时争论起西班牙内战，抑或搬弄某个德国电影明星与她的瑞典宿敌之间的短长，让夜晚群情激荡。他们在小酒馆的东方音

---

[1] 西奥多·庞维勒，十九世纪法国诗人、剧作家、戏剧评论家。
[2] 德加，二十世纪法国印象派最重要的画家之一。

乐与美酒制造的微醺中出发，前往观看神庙上升起的曙光。对我而言，在一种本身无疑平平无奇的光学效果下，如今这些属于现代的事物和人，比神话或晦涩的传奇故事更显得遥远而不具备时间性。我将它们调和在一处。

就文体而论，《火》采用了一种不够自然的、措辞考究的方式——那一时期的我惯于使用这种风格。古典叙事的方式也在其中交替出现，只是不免过于含蓄。尽管传统的法语叙事已与当下渐行渐远，我依然要提出它的优点，它对于激情的抽象表述，以及它要求作者必须清楚地、实事求是地有所克制。我无意贬低或过誉《火》，但必须说的是，这些诗中出现的近乎夸张的表现主义，对于表露心迹是自然且必要的形式，是为了原封不动呈现一种情感的复杂与狂热所作的合理努力。这种倾向绵延或重现于文学里的每一个时期，尽管有那么多巧妙的使语言更纯粹、更符合古典范式的规制，它还是努力地——甚至于通过幻想——创下了一套纯粹诗性的语言，其中的每一个词汇皆充满含义，能够揭示出它潜藏的价值，就像光束照耀下石头上闪烁的磷火。通常，当情感与思想被具象为形式时，形式本身也变得珍贵（词语本身就具有启发性），就像宝石需要经受压力与几乎难以承受的温度才能获得密度与光泽；从语言中萃取出的，是文艺复兴时期铁制的精巧纽饰，而这些错综复杂的花体字最初不过是烧红的铁。如果说用词大胆有什么糟糕之处，那就是投身于此的人永远冒着滥施滥用的风险，就像专心于古典的缓叙法的作家，不断与干巴巴的优雅和虚伪的危险擦身而过。

如果说读者在我愿意称之为巴洛克式的表现主义中，只能看到矫揉造作，十有八九是因为诗人在想要不惜一切代价震撼、取悦或惹怒读者的欲望前让了步；这样的读者有时也未必能一直跟随诗人给予的想法或情感，他们只能看到生硬的隐喻与冰冷的奇思妙想，尽管这有失偏颇。如果莎士比亚将寄托于十四行诗中的爱情，比作由古老情感的战利品装饰的坟墓，而我们却无法感受到伊丽莎白时代的军旗飘摇而过，那不是莎士比亚的过错，而是我们的。如果深爱着安德洛玛刻的皮洛士喊出著名句子"比我点燃的火焰更烈的火将我焚烧"[1]，没能使我们从这绝望的情人背后看到特洛伊那场滔天大火，并感受到一位曾经冷酷无情、如今却尝到痛苦滋味的男人隐秘的自省，那不是拉辛的过错，而是我们的——尽管对于鉴赏家而言，诗句所流露的不过是一种与伟大的拉辛不相称的平平无奇的模棱两可。这句诗采用了拉辛经常使用的一种手法，借由此，他让在当时已被用滥的、象征爱情的火这一隐喻重焕新生，为其赋予了真正火焰的光芒，这就是诗歌中双关语的技巧，它将比喻的两条支路嵌入同一词汇中。回到《火》中，如果说费德尔降入地狱所乘的工具，既是冥王的船队，也是地铁列车[2]，那是因为在我们城市中的高峰时刻，地下通道里汹涌的人流也许正是反映行尸走肉最可怖的图景。如果说忒提斯既是母亲又是大海[3]，那是因为这一仅在法语中行得通的模棱两可，让作为阿喀琉斯母亲的忒提斯与作为海洋女神的忒提斯能够合二为一。我还能举

1《安德洛玛刻》是法国戏剧家拉辛的代表作之一，这部戏剧的故事原型取自希腊神话。

2 法语中 "rame" 一词既有船队之意，也有地铁列车之意。

3 法语中母亲（Mère）一词与大海（Mer）一词谐音。

出更多例子，它们在《火》中有其价值。重要的是尝试在这些游戏（即对一个嵌入句中的词语的含义揣摩玩味）中呈现诗人的思想斗争，通过一个对于他而言具有丰富情感或危险性的主题，就像是弗洛伊德的口误或具有双重甚至多重含义的梦呓，而非呈现一种刻意的矫揉造作或戏谑的形式。在我最近的一部远离了所有文体研究与风格游戏的作品中，我本能地为主人公等待死亡时所囚居监狱的狱卒，赋予了赫尔曼·摩尔[1]这个名字。

一部关于爱情的诗集本无需置评——这仿佛白费唇舌（虽然原则上确实如此）。我似乎想通过洋洋洒洒地分析这些终归忝列于次要位置的风格与主题特点，并对激发这本书的情感经历保持沉默，以绕过这一障碍。然而，长篇累牍地点评一部我甚至希望无人阅读的书，依然使我感到荒谬；与此同时，对于某一个人彻底的爱是否值得诗人为它特设一处颂扬之地，这一点在此也无法得到印证——考虑到这种爱令自己

---

1 法语中摩尔（Mohr）与死亡（Mort）发音相同。赫尔曼·摩尔出现在尤瑟纳尔的长篇小说《苦炼》中，是主人公泽农被捕后所囚居监狱的狱卒。

和他人蒙受危险，且带有无可避免的欺骗、牺牲与切实的羞辱，同时隐藏着蛮暴与自私的强迫。显而易见的是，这种疯狂的、有时甚至是伤风败俗的，却浸透着某种神秘主义特征的爱的概念，只有嫁接在某种超验的信仰之形式下才能得以存在，即便人的内心之中可能并不存在这样的信仰。疯狂的爱一旦失去了为今人所蔑视的形而上及道德价值作为支撑——也许只是因为它们被前人滥用了——便会迅速沦为毫无意义的镜面游戏或可悲的痴病。我想《火》中仅仅赞美了一种特别坚实的情感，又或是为它祛了祟；对被爱之人的极度崇拜，明显地与一些非常抽象却不失强烈的激情相联，它们有时比对情感或肉体的痴迷更为重要：在《安提戈涅或选择》中，安提戈涅的选择是正义；在《斐多或眩晕》中，眩晕来自知识；在《抹大拉的马利亚或救赎》中，救赎是上帝，但此处与欲望的净化无涉，尽管这具有不幸意味且有辱肉体的用语确有这层含义。这里仅传达了一种隐晦的领悟，即对于某个特定之人的爱即便再深刻，那往往也不过是一场美好而转瞬即逝的意外，某种意义上并不比事发前后的倾向与选择更加真实。透过这些可谓公然的坦露心迹所展现的热情与不羁，如今，我发现《火》中的几个片段似乎承载了一些早已窥见的真谛，而后我将穷尽一生不断试着寻回和验证它们。这场化装舞会是迈向觉醒的一步。

我希望无人阅读这本书。

***

我们的关系胜过爱情：一种同谋。

***

你不在场时，你的形象逐渐放大，直至充满整个宇宙，过渡到像幽灵一样的流质形态。你在场时，它坍缩了，达到了铱、汞这些重金属高度致密的状态。当它压在我心上，我因这重量而死。

***

令人敬佩的保罗错了（我指的是那位伟大的诡辩家，不是那位伟大的传教士）。所有的想法、所有的爱，如果只有自己知道，可能就会消减；但是对于它们有一剂特别有力的强心剂，那就是**其余的世界**——既与之对立，又难以匹敌。

***

孤独……我所笃信的与众不同，我的生活方式与众不同，我所爱的与众不同……我却要像所有人一样死去。

***

酒使人清醒。喝下几口干邑，我不再想你。

PHÈDRE OU LE DÉSESPOIR

费德尔或绝望

皮埃尔·纳西斯·盖兰:《费德尔和希波吕托斯》

费德尔得偿所愿。她把母亲丢给公牛，将妹妹丢给孤独：她对这类爱毫无兴趣。她离开故国，就像放弃做梦一样；她抛弃家庭，就像卖掉旧货一样。在这样的氛围中，纯真是一种罪，她带着厌恶成为最终的自己。旁观她的命运，这令她感到恐惧：那时，她只知道命运是刻在迷宫中的铭文，她要潜逃以摆脱这可怕的未来。她未经思索便嫁给了忒修斯，就像埃及的圣玛利亚用肉体换取过路费。在西方，她使巨大的克里特岛美国式屠宰场陷入寓言的迷雾中；她带着海地的渔场与大型牧场的气味登船，却未意识到自己灼热的心已在回归线染上麻风病。她见到希波吕托斯时产生的惊愕之情，就像一位旅行者发现自己在不知不觉中又返回了原路。这孩子的侧影令她想起克诺索斯宫和双刃斧[1]。她边恨着他，边抚养了他。他在反抗中成

---

1 克诺索斯宫是米诺斯居住的宫殿，双刃斧是宫殿中标志性的装饰。

长，习惯了无时无刻不蔑视女性，也被迫在求学期间、在新年假期里，避开继母因仇恨在他身边布下的陷阱。她嫉妒他用箭射中的人，也就是那些受害者；嫉妒他的同伴，也就是孤独。在希波吕托斯这片原始森林里，她不由自主地设下指向米诺斯宫殿的路标：她在一片荆棘当中开辟了唯一一条通向宿命的道路。她无时无刻不在塑造着希波吕托斯；她的爱无疑是乱伦之爱。如果她要将他杀害，那无异于杀死一个婴儿。她制造了他的美、他的圣洁、他的软肋；这一切都取自她自身深处；她将令人憎恶的纯洁从他身上剥离，使纯洁化为一个苍白的处女，便于她去恨；她用尽一切材料捏造出不存在的阿丽西娅。她醉心于爱而不得的滋味，它是一切不幸混合物的基酒。躺在忒修斯的床上，在现实中对所爱之人不忠与在想象中对不爱之人不忠，为她带来苦涩的快乐。她是一位母亲：她有几个孩子，就像有几许悔恨。裹在因发烧而被汗水浸透的被单里，她通过喃喃忏悔聊以自我安慰，就像孩提时代在乳母颈边小声地坦白一样；她吮吸着痛苦；她终于成了费德尔可悲的奴仆。面对希波吕托斯的冰冷，她模仿一颗撞向水晶的太阳：她化为幽灵，肉体不再是居所，而成了她的地狱。她在自身深处建起一座迷宫，那就是她的归宿：阿里阿德涅的线团没法帮助她走出去，因为她将线缠在了自己心上。她成了寡妇；她终于可以不问情由地痛哭，可是这身黑色并非令她黯然神伤的原因：她恨这丧服改变了痛苦的本来面目。摆脱了忒修斯后，她怀揣着希望，就像怀着一个令人羞耻的遗腹子。她通过玩弄权术来使自己分心：她接受了摄政王的位置，就像开始织一条披肩。忒修斯回来得太晚，再也无法将她带回国君曾建立的公序良俗之中。她只能顺着诡计的裂隙重新跻身其中。她愉快地编造出强奸的罪名，以此控诉希波吕托斯，并从谎言中获得一丝满足。她说的尽是实情：她遭受了最蛮暴的蹂躏；她的欺骗只是一种对事实的转述。她吞下毒药，因为她对自己已产生耐毒性。希波吕托斯的消失在她周围留下空白；在空虚的激励下，她坠入死亡的深渊。她在死前进行了坦白，最后一次获得痛陈其罪所带来的快感。尽管身在此处，她仿佛再次回到家乡的宫殿，在那里失足是一种无辜。被世世代代的先祖簇拥着，她顺着充满野兽气味的地铁通道滑下去，列车劈开浑浊的冥河之水而去，明晃晃的轨道无不提示着自戕或逃离。在克里特岛地下矿井深处，她终于见到那被野兽撕咬得面目全非的年轻人，为了与他重逢，她曾踏遍所有通往永恒的蹊径。直到第三幕的重要场景里，她才再度见到他；她因他而死去；他因她而无法活下去；他只欠她一死；她欠他一次坦白，坦白惊天动地的、难以抑制的痛苦。她有权让他负责，为她的罪行，为了诗人常将她挂在唇边以表达对乱伦的向往，使她因此而污名永驻。这就好像在车祸中撞碎头骨的司机，控诉他刚刚撞上的那棵树。所有的受害者都是自己的刽子手。诀别之词终于脱口而出，双唇不再因希望而颤抖。她会说什么？当然是"谢谢"。

在飞机上，在你身边，我不再惧怕危险。孤独才是致命的。

***

我永远不会被打败。我只会因征服而失败。每挫败一个诡计，我就被爱囚禁得更深一些，最终爱变成我的坟墓，我的生命将在由胜利打造的监牢中终结。只有失败能找到钥匙，打开牢门。死亡为了追上逃兵必须有所动作，放弃一成不变，让人看到它不只是生命残酷的对立面。飞行中的天鹅被击落，阿喀琉斯不知被何种隐秘的理由抓住头发，死亡给了我们这样的结局。对于在庞贝的房子前厅里窒息的女人，死亡不过令逃遁的阶梯延长至另一个世界。死亡对我束手无策。那些阶梯廊道、旋转桥——宿命设下的一切暗道我都知道。死亡若要置我于死地，必须与我同谋。

***

你注意到中枪者渐渐瘫软，跪了下来吗？尽管为绳子所缚，他们依然力松劲泄，失去抵抗，仿佛在一击过后昏厥过去。他们像我一样，钟爱自己的死亡。

***

没有不幸的爱情：只是拥有了不该拥有的。没有幸福的爱情：即使拥有，也会失去。

***

无足为惧，我已触底。我不会坠落得比你的心更低。

ACHILLE OU LE MENSONGE

阿喀琉斯或谎言

彼得·保罗·鲁本斯:《阿喀琉斯和吕科墨得斯的女儿们》

所有的灯都熄灭了。仆人在低矮的大厅里摸索着纺线，织成帕尔卡三女神[1]那让人意想不到的纬纱。毫无用处的针线活绑住了阿喀琉斯的双手。米珊德拉的黑色裙子与得伊达弥亚的红色裙子难以分辨；阿喀琉斯的白色裙子在月光下变成绿色。自从这个年轻姑娘到来后，所有女人都从她身上嗅到了神的气息，恐惧也随之进入岛屿，仿佛是蜷伏在美人脚下的阴影。白天不再是白天，是黄昏的金色面具；女人的乳房变成了士兵胸前的铠甲。当忒提斯在朱庇特的眼中看到阿喀琉斯战死沙场的影像，她寻遍全世界的海洋，试图找到一座足够结实的岛屿、一块岩石或一张床以漂向未来。焦躁不安的女神切断了海底所有的电缆，阻止战局动荡传到岛上。她破坏了充作眼目的灯塔，让水

1 希腊神话中，帕尔卡三女神是掌管命运的女神，手中握有分配、决断生命长短的纺线。

兵无法收到讯号，又用一阵风暴赶走了迁徙的鸟儿，它们正为她的儿子带去同袍的消息。她为他披上女神的长袍让死神混淆，就像农妇为生病的男孩穿上女孩的衣服以驱退病魔。这个患有死亡之疾的儿子令她回想起神在年轻时犯下的一个错误：她与一个男人共枕，却忘了采取最普通的保护措施将他变成神。阿喀琉斯拥有父亲粗犷的轮廓，同时继承了属于母亲的美貌。正是这美貌，将在他有朝一日履行死亡之义务时为之增添痛苦。裹上丝绸，蒙上面纱，戴上金子做的项链，阿喀琉斯在母亲的命令下混入年轻女孩的行列。他刚刚从马人开设的学院毕业，正厌倦了森林，梦想着秀发；厌烦了野蛮的胸脯，渴望着乳房。对于远离战场的军人而言，母亲准备的女性避难所不啻一场华丽的冒险；在紧身胸衣与裙子的掩护下，他将进入一片未知的、广袤的、女性的陆地，此前男人仅作为征服者抵达过这里，借着爱情烈焰的微光。在叛出男性的阵营后，阿喀琉斯冒险获得了唯一一个能够成为他人的机会。在奴隶眼中，他是无性别之分的主人；得伊达弥亚的父亲为他所假扮的处女神魂颠倒。只有两个表姐妹拒绝相信他是女孩，因为他太贴近一个男人扮作女人时所能展现出的最理想的形象。这个不了解爱情本质的男孩，开始在得伊达弥亚床畔学习厮缠、喘息与伪装。他在这个温柔的受害者身上失去意识，以此来替代一种不知该从何处获得，且不可名状的更剧烈的乐趣——濒死之乐。得伊达弥亚的爱情、米珊德拉的妒忌，让阿喀琉斯回到了女性的对立面。城堡里汹涌的激情就像被清风搅动的头纱：阿喀琉斯和得伊达弥亚像相爱的人一样憎恨彼此；米珊德拉和阿喀琉斯像互相憎恨的人一样相爱着。对于阿喀琉斯来说，这位健壮的敌人逐渐成为兄弟般的存在；对于米珊德拉，这诱人的敌人像一位姐妹一样使她心软。每一条流经岛屿的波浪都带来讯息：希腊人的尸体被猎猎狂风吹向大海中央，那是因没有阿喀琉斯助战而覆没于大海上的军队残骸；探照灯伪装成星座从空中搜寻他。荣耀、战争透过未来的薄雾若隐若现，之于他就像是难以取悦的情妇，占有它们必然要犯下太多罪孽：他相信在那些未来受害者的帮助下，他能够逃离这座女人的监牢。一艘载满国王的船只停靠在熄灭的灯塔脚下，仿佛停泊在礁石之畔。尤利西斯、帕特洛克罗斯、忒耳西忒斯在一封匿名信的指引下，向公主们通报了他们的来访。米珊德拉突然变得平易近人，帮助得伊达弥亚固定别在阿喀琉斯浓密长发上的发卡。她巨大的双手颤抖着，仿佛刚刚泄露了一个秘密。黑夜、国王、满是征兆的天空从敞开的大门涌了进来。忒耳西忒斯气喘吁吁，攀上楼梯的几千级台阶令他疲惫不已，双手揉搓着瘦弱的、残损的膝盖。他像一个悭吝的国王，同时扮演着自己的弄臣。帕特洛克罗斯对在女人们之中流转的猎物犹豫不决，漫无目的地伸出护着铁甲的双手。尤利西斯的面庞令人联想起一枚用旧磨损的、生锈的硬币，硬币上依然留着伊萨卡岛国王的模样。他把手搭在眼睛上，像站在桅杆顶端一样，检视着倚墙而立的公主，她们就像三座女性雕塑：米珊德拉的短发、与领袖们握手时伸出的大手以及从容不迫的气度，令他最初以为她就是那个做了伪装的男人。随侍的水手打开箱子，从中取出混在镜子、珠宝、珐琅制品中的武器，令阿喀琉斯迫不及待想要舞刀弄剑。然而，六只粉雕玉琢的手摆弄着头盔，仿佛摆弄着理发店的蒸汽罩；军人的腰带变得柔软，转而成了美人的饰带；在得伊达弥亚的臂弯里，圆形盾牌像一只摇篮。伪装有如诅咒，岛上的一切皆无法幸免。真金变成镀金，水手男扮女装，两位国王变成了流动商贩。帕特洛克罗斯是唯一抵挡住诱惑的人，他像一柄出鞘的剑打破了诅咒。得伊达弥亚发出赞赏的尖叫，引起阿喀琉斯对帕特洛克罗斯的注意。阿喀琉斯跃向这柄利剑，双手抱住这颗精雕细刻的坚硬头颅，就像是抱住双刃剑柄上的圆形球饰，却未注意到他的面纱、他的手镯、他的戒指让这一举动更像是情人出于一时激愤。这一刻，忠诚、友谊、英雄主义不再是伪装者用以让灵魂改头换面的遁词：忠诚，是这双在无数谎言面前依然清澈如斯的眼睛；友谊是他们相通的心灵；荣耀是他们共同的未来。满脸通红的帕特洛克罗斯推开了这个女人的拥抱：阿喀琉斯退后几步，垂下双臂，泪如雨下。这些举动不过让他那年轻女人的伪装更臻完美，并再度给了得伊达弥亚一个偏爱帕特洛克罗斯的理由。流盼的眼波、暧昧的巧笑、掌旗官溺在花边装饰的漩涡中所制造的混乱，尽皆使阿喀琉斯的惊慌变为狂热的嫉妒。这身披铜甲的男孩令得伊达弥亚记忆深处的、掩映在朦胧夜色中的阿喀琉斯黯然失色。在女性的视角中，军服总是胜过赤裸身体所散发的苍白光芒。阿喀琉斯笨拙地抄起一柄双刃剑，即刻又将它丢弃，改用双手掐住得伊达弥亚的脖子，像一个嫉妒女伴获得成功的女人。被扼住咽喉的女人目光闪烁，像两颗狭长的泪珠；奴隶前来干预；大门在千万声叹息中重新阖上，掩盖了得伊达弥亚最后的抽噎；错愕的国王们复又回到门槛另一边。女人们的房间里充斥着一种内在的、令人窒息的幽暗氛围——并非夜晚营造的气氛。跪在地上的阿喀琉斯听见得伊达弥亚的生命从喉咙中汩汩流逝，就像水从一只瓶口极窄的花瓶中流走一样。他从未像现在这样感受到与这个女人间的隔阂，他曾试图占有她，甚至成为她；可即便紧紧地拥之入怀，他们依然渐行渐远，死亡的奥秘与女人的神秘同样难解。他恐惧地轻抚她的乳房、胸肋和未加修饰的头发。他起身在墙壁上摸索着再也不会出现的出口，为没有意识到国王们其实是自身勇气的密使而感到羞愧，确信错失了唯一一个成为神的机会。星宿、米珊德拉的复仇以及得伊达弥亚父亲的怒火相互交织，将他关在这未给荣耀留有一席之地的宫殿中。从此围绕着尸体徘徊，将成为阿喀琉斯一成不变的未来。一双与得伊达弥亚几乎同样冰冷的手搭在他的肩膀上：震惊万分的阿喀琉斯听到米珊德拉建议他，在这位强权的父亲怒火爆发前逃离。他让这令人无法抗拒的女伴牵着手腕，调整步调跟上在黑暗中步履轻捷的女孩，心里不敢确定米珊德拉这样做是出于怨恨还是某种暗暗的感激；不敢确定他的向导准备向他寻仇还是他刚刚为她报了仇。门扇向后退开复又关上：磨损的石板在脚下微微凹陷，使人有如踏在温柔的波浪上；阿喀琉斯和米珊德拉加速奔下旋转楼梯，仿佛他们的眩晕是一种重力。米珊德拉数着台阶，就像高声数着一串石头念珠。一扇通往悬崖、堤坝与灯塔阶梯的门终于打开了：咸涩有如鲜血、眼泪的空气扑面袭来，清新的海浪令这对古怪的伙伴晕头转向。米珊德拉发出一声冷笑，拦住这位正掀起裙摆，准备纵身一跃的美人。她递给他一面镜子，好让他在晨光微曦中看清自己的面庞，仿佛她之所以愿意带他走向自由，就是为了让他在这比空虚更骇人的反光中，看到自己苍白的、涂脂抹粉的样子，以证明他不是一个神。可是镜中的阿喀琉斯苍白有如石像，飘动的头发就像罗马式头盔上的鬃毛，面颊上混着泪痕的胭脂仿佛伤兵的鲜血，这狭小的镜框里正浮现出他日后的模样，仿佛薄薄的镜子里囚禁着他的未来。日光下的美人松开腰带，褪去披巾，想要从令人窒息的平纹细布中挣脱出来，不过他害怕鲁莽地让人看到赤身裸体，会使他暴露在哨兵的弹火之下。有一瞬间，两个神祇般的女人中更坚强的那一位，有心兼济天下，对是否承担得起未来的重负犹豫不决：那是阿喀琉斯命运的重量、燃烧的特洛伊的重量，以及为帕特洛克罗斯复仇的重量。即便最善于穿透表象的神或者屠夫，也无法区分这颗男人的心和她的心。受困于胸前的乳房，米珊德拉推开代替她呻吟的门扉，用手肘将阿喀琉斯推向她无法成为的一切。大门在被活埋的女人面前重新关上：阿喀琉斯像一只被放飞的鹰隼，沿着斜坡奔跑，滚下层层台阶，疾驰绕过围墙，跳过沟沟壑壑，像手榴弹一样翻滚，像箭矢一般纵跃，像战神一样飞翔。锋利的岩石撕破他的衣服，却不能划伤他刀枪不入的身体：灵巧的人儿停下来，解开凉鞋，给裸露的脚底以受伤的机会。舰队已经起锚，美人鱼的召唤在海上飘荡，风吹过的沙滩难以留下阿喀琉斯轻巧的足迹。一条被激浪缠住的锚链使已经开启发动机、颤颤巍巍准备起航的船滞留在码头上。阿喀琉斯搭上了这条命运女神的缆绳，张开双臂，飘荡的披肩有如翅膀般给予他支撑，母亲一般的大海上海鸥翔集，像一片白云将他守护。披头散发的女人纵身一跃，落在多层甲板战舰尾端的，已是一位脱胎换骨的神。水手跪下来，赞叹着，用流利的粗话向新来的战神致以敬意。帕特洛克罗斯伸出手臂，以为看到了得伊达弥亚；尤利西斯摇头，忒耳西忒斯爆发大笑。没有人觉察出这位神不是女人。

一颗心，也许是不洁净的，与解剖台、屠夫的肉案归为一列。我更喜欢你的身体。

*　*　*

我们周围充斥着莱森、蒙大拿那些高山疗养院的气氛。那些玻璃令人有如置身水族馆，死神时不时到这巨大的容器中垂钓。病人嗽着带血的密语，互换病菌，比较体温报告，甘受这份建立在危机之上的情谊。你我之间，谁更千疮百孔？

*　*　*

我逃往哪里？你占据了世界。只有占有你，我才能逃离你。

*　*　*

命运是愉悦的。那些为命运假以美丽的悲剧面具的人，只识得它的戏剧伪装。一位陌生的恶作剧者重复着粗鲁的陈词滥调，直至因痛苦而感到恶心。朦胧的儿童房的气息萦绕在宿命之上：那刷着清漆的盒子中藏着尽人皆知的邪恶事物，那样子滑稽可笑的女佣突然从橱柜中跳出来，想让我们失声尖叫。悲剧中的人物惊跳，如雷霆般突然爆发的大笑令他们精神错乱。俄狄浦斯失明之前，不过是穷其一生与宿命捉迷藏罢了。

* * *

改变终是徒劳：我的宿命不变。指环内已刻下人生的一切。

* * *

人们记得梦境，却不记得入梦的方式。只有两次，我进入意识流动的深处，梦在那里只是被淹没的现实的残骸。一天，我沉醉在幸福当中，像一个刚刚结束长跑的人沉醉在氧气中一样。我像潜水运动员般交叉双臂躺倒在床上，被蓝色海水轻轻摇晃，如同泳者般仰浮，背抵深渊，肺里充满氧气，仿佛希腊海上一块新生的岛屿。今晚，被悲伤冲昏头脑，我像一个放弃挣扎的溺水者一样委顿在床，向睡眠让了步，就像溺水的人向窒息让了步。在夜晚的瞌睡中流水般的记忆依然将我带向一处如死海一样的地方。我无法扎进这片盐度已饱和的海水，它似眼中分泌的泪液般苦涩。我像木乃伊一样漂浮着，害怕醒来——那不过是从痛苦中生还。睡眠如阵阵来潮，将我不由自主地冲向细麻布般的沙滩。每次我的膝盖都会与你的记忆相撞。寒冷唤醒了我，我仿佛睡在死人身畔。

***

我容忍你的缺陷，就像接受神也有缺陷。我容忍你的缺席，就像接受神的缺席。

***

一个孩子就是人质。生活扣留了我们。

***

一只狗，一头豹子，还是一只蝉，结局都一样。丽达说："在买下一只天鹅之后，我失去了自杀的自由。"

PATROCLE OU LE DESTIN

帕特洛克罗斯或命运

亨利·富塞利:《帕特洛克罗斯的阴影》

夜幕或昏蒙的白昼降落在平原，分不清是晨曦还是黄昏。塔楼像岩石，矗在像塔楼一般的山脚下。卡珊德拉[1]对着墙壁咆哮，因分娩未来这可怕的工作备受折磨。血似胭脂，黏在尸体难以辨认的面颊上。海伦在吸血鬼般的唇上涂抹胭脂，像血一样。几年来，某种红色的成规在那里建立：和平与战争相混淆，像恶臭沼泽里的泥与水。第一代英雄将战争视为特权，仿佛驾着双轮马车去收割爵位。后继而来的士兵先是将战争当作义务来承受，后又当作牺牲来忍受。但其肉身之躯只是堡垒般的存在，坦克的发明在身上打开巨大缺口。第三批进攻的士兵冲向死亡。这群每次出手几乎都以全部生命下注的赌徒终于倒下了，被装满红匣子的弹子射中心脏，看上去却与自杀无异。充满

---

1 希腊神话中，卡珊德拉是特洛伊公主，拥有预言未来的能力。

柔情的英雄时代过去了。那时候的敌人不过是朋友阴暗的另一面。伊菲格涅亚[1]因被控参与黑海舰队的叛乱，被阿伽门农下令击毙；帕里斯被一颗手榴弹炸得面目全非；波吕克赛娜[2]在特洛伊的医院中因伤寒委顿；跪在海滩上的海洋女神们不再尝试驱赶落在帕特洛克罗斯尸体上的蓝蝇。自从这位占据了世界、替代了世界的友人死去，阿喀琉斯不再离开幽魂掩映的帐篷：他赤身裸体躺在地上，仿佛要尽力模仿一具尸体，任由回忆这附骨之蛆啮噬。对他而言，死亡越来越似加冕，唯有最纯洁的人才能够获得：多数人只是不复存在，唯有少数人真正死去了。他回忆着帕特洛克罗斯的一些特征：他的苍白，他僵硬的、易受惊而耸起的肩膀，他总是有些冰凉的双手，他在熟睡时蜷起的沉重如同石块的身躯。这些特征最终成为遗像的一部分，仿佛活着的帕特洛克罗斯不过是尸体的草稿。沉睡在爱情深处的、秘而不宣的恨意，迫使阿喀琉斯拾起雕塑的工作：他嫉妒赫克托尔，是他完成

1 希腊神话中，伊菲格涅亚是阿伽门农之女。
2 希腊神话中，波吕克赛娜是特洛伊公主。

了这个作品。现在，他只需要揭下思想、姿态以及生命这最后几层罩在他们之间的纱，就能看到作为死者的帕特洛克罗斯高贵的裸体。特洛伊的领袖们徒劳地向久经沙场近身肉搏的战士们，大张旗鼓地宣扬丰功伟绩，士兵们早已在多年战争中尽失往日的天真。然而痛失这位堪比一位敌人的同伴之后，阿喀琉斯却不愿再动干戈，不愿再为帕特洛克罗斯树立坟墓外的敌人。哭喊声时不时发出回响，戴着头盔的幽魂飘过染红的墙壁：自从阿喀琉斯将自己囚禁在死人之中，活着的人对他而言不过是一个个幽灵罢了。一股隐伏着危机的潮湿之气从光秃的大地上升起；行进中的军队令帐篷颤抖；虔诚的士兵在被掠夺一空的大地上游荡；两个阵营联合起来，对抗席卷而来、能将人淹没的河流。苍白的阿喀琉斯走进世界末日的夜晚。他不理会活人中那些虽然受到海浪威胁，却暂时免于死亡的幸存者；他只注意到死者正被活人汇成的不洁洪水所淹没。阿喀琉斯与激流对抗，守护能用来建造坟墓的石块和水泥。伊达山的森林大火一直烧到港口、舔舐船舱，阿喀琉斯选择与火为伍，而非那些脆弱得令人不快的木桩、桅杆和风帆，火毫不畏惧地拥抱了那些躺在木柴堆上死去的人。异族部落像河水一样从亚洲涌来：阿喀琉斯为埃阿斯[1]的疯狂所感染，甚至未辨明人的轮廓，便扼死一头畜生，为帕特洛克罗斯在另一世的猎场上送去野兽。亚马逊人出现了，乳房的洪流覆盖了起伏的河流，军队在赤裸裸的浓密毛发气味中呻吟。对于阿喀琉斯，女性代表着不幸中所包含的本能的部分，他没有选择其形式的余地，这是他必须承受的，尽管他无法甘之如饴。他责怪母亲将他打造成一个半人半神的杂种，当人在被奉为神祇时往往会收获赞美，而他却被剥夺了其中的一半。他恨母亲在他孩提时代便带他到冥河沐浴，令他从此对恐惧免疫，仿佛英雄主义意味着无坚不摧。他为吕科墨得斯的女儿们未辨别出他掩饰在女装之下、恰恰与伪装相反的一面而怒火中烧。他无法饶恕布里塞伊斯[2]带给他的羞辱——她曾倾心于他。剑刃插入玫瑰色的血

---

1 希腊神话中，埃阿斯是参与特洛伊战争的希腊英雄之一，以骁勇善战著称。

2 根据《伊利亚特》，布里塞伊斯是阿喀琉斯的伴侣，是阿开奥斯人送给阿喀琉斯的礼物。

浆，在内脏中翻搅。女人们咆哮着从伤口的裂隙中分娩死亡，在交缠中倒下，就像斗牛倒在一地五脏六腑中。彭忒西勒亚[1]从这群惨遭蹂躏的女人中走了出来，仿佛是裸露肉体中坚硬的核心。她压低头盔，不让对手因注视她的双眸而心软；披挂上阵，不屑于使用赤身裸体的诡计。身披战甲，头戴盔甲，面饰金罩，金属打造的愤怒女神只有头发与声音还保留着人的质感，只不过她的头发也是金色的，她纯净的声音中响起金子的碰撞声。在同伴之中，她是唯一一个同意切掉乳房的女人，在神的胸脯上，这样的残损几乎无伤大雅。人们拽着死人的头发将她们拖出竞技场；士兵们竖起篱笆，将战场变为决斗场，阿喀琉斯被推入圆心，杀戮是唯一出路。在交织着卡其色与原野灰的背景上，在蓝色的地平线上，亚马逊人的盔甲在世纪的更迭中变换形状，在不同的聚光灯下变换颜色。斯拉夫女人将每一次进攻化为舞步，让一场肉搏变为比试武艺，变成俄罗斯芭蕾舞。阿喀琉斯先是出击，继而

---

1 希腊神话中，彭忒西勒亚是亚马逊女王。

后退，为这具金属所包裹的圣体所深深吸引，被生发于仇恨深处的爱所征服。他用尽全力掷出双刃剑，仿佛是为了打破魔咒，刺穿了横在他与这个女人之间的那层薄薄铠甲，仿佛击穿一位单纯的士兵。承受不住铁的重击，彭忒西勒亚倒下了，就像做出了让步。机关枪的毕驳之声响起；几双手急不可耐地扼住这具金色尸体。掀起的头盔下出现的不是一张脸，而是一副双目失去神采的面具，再也感受不到亲吻。阿喀琉斯呜咽着捧起这位本该是朋友的受害者的头颅。在这世界上，只有她像帕特洛克罗斯。

不再奉献，就是继续奉献，是献出自己的牺牲。

***

没有什么比自爱更肮脏。

疯子的罪，是更爱自己。杀人犯身上出现的这种邪恶的偏爱令我厌恶；而人在陷入爱情时产生的偏爱则令我恐惧。对于这些吝啬鬼，被爱的人不过像是十指紧紧攥着的金币，甚至不再被奉为神祇，勉强算得上是一个物品。我拒绝将你物化，即使当成一个**被爱的物品**。

***

唯一的恐惧，是不再效劳。把我当成任何你想要的，即便是一个屏幕，即便是一个良好的金属导体。

***

也许你将在死人去到的虚无中分崩离析，留下你的手，这会使我感到安慰。仅仅是你的手，离开了你继续存在着，就像大理石制成的神像的双手般难以琢磨，而神像已化为齑粉，化成了墓上的石灰。在你的动作、在你曾抚摸过的可怜躯体消失后，手依然存在，在事物与你之间，它们不再是媒介，已变成了事物本身。你不再能将手变成同犯，因而它们重新变得纯洁。悲伤如丧家之犬，困惑如再也收不到任何神意的天使长，你徒劳的双手伏在黑暗的膝盖上。摊开的手再也不能给予或拿走任何快乐，让我掉在地上，像一个坏了的布娃娃。我从手腕处开始亲吻这双无动于衷的手，你的意愿再也不能使我们的手分开。我抚摸蓝色的动脉，血柱曾像喷泉一样不停地从你心脏的土地中涌出。我满意地轻轻抽泣，像个孩子一样将头枕在掌心，那里刻满星辰、十字，以及我坎坷的命运。

***

我不害怕幽灵。活人正因为具有肉体而更令人害怕。

***

没有不育的爱。所有的防御措施皆无济于事。当我离开你时，我的内心深处怀着痛苦，就像怀着一个可怕的孩子。

ANTIGONE OU LE CHOIX

安提戈涅或选择

让-约瑟夫·本雅明-康斯坦特:《无题》

正午诉说着什么？仇恨悬在忒拜上空，像一颗可怕的太阳。自从斯芬克斯死后，这肮脏的城市再无秘密：一切都暴露在光天化日下。阴影退到房屋脚下，退到树底，像蓄水池底的淡水；房间不再是幽暗的水井或冷饮店。行人像在梦游，沉湎于一场无休无止的白日梦。伊俄卡斯忒自缢而亡，她不愿再看到太阳。人们在光天化日下沉睡，人们在光天化日下相爱。沉睡在露天中的人状如自戕，恋人则像狗一样，在太阳下紧紧挤在一起。人心像田野般干旱；新国王的心像岩石般干硬。处处干涸，呼唤血液。灵魂感染了仇恨，太阳的射线腐蚀良知，却并未缓解灵魂癌变的症状。俄狄浦斯因试图掌控这些狡猾的光线而导致双目失明。只有安提戈涅抵抗住了阿波罗操纵弧形灯发射的箭矢，仿佛她的痛苦可以被当作一副墨镜。她离开了这座被火烤制过的由黏土建造的城市，城里人们僵硬的面孔仿佛是由坟墓上的土制成的。她陪伴俄狄浦斯走出张开的大门，大门仿佛一吐为快。在流放的道路上，她一路陪伴着父亲，也就是她悲惨的哥哥：俄狄浦斯为曾献身于伊俄卡斯忒这幸福的错误感到庆幸，仿佛他与母亲乱伦只不过是为了获得一个妹妹。她不会停歇，直到看到俄狄浦斯得到休憩，在那比双目失明[1]之夜更一锤定音的夜晚，躺在复仇三女神[2]的床上，她们即刻化身为他的守护者，就像人们所沉溺的一切悲伤最终都会归于平静一样。她拒绝了忒修斯的施舍，拒绝了鲜洁布匹织成的衣物，拒绝在返回忒拜时占据公共汽车上的一个座位。她要徒步走回这座城——在那里区区一场灾祸便被视为犯罪，区区一次离开成了流放，区区宿命的结果却被当作惩罚。蓬头垢面，汗水涔涔，疯子对她冷嘲热讽，智者将她视为丑闻。在旷野中，她追随着军队的轨迹，这一路上遍布着空瓶子、旧鞋子以及被抛下的病号——他们

---

1 希腊神话中，俄狄浦斯在得知自己犯下"弑父娶母"的罪愆，便刺瞎了自己的双目。

2 希腊神话中，复仇三女神在大地上追逐杀人犯，特别是血亲相弑者，使他们的良心受到煎熬，直至发疯发狂。

被食肉的鸟儿当成了死人。她朝着忒拜走去，仿佛圣彼得重返罗马，好让自己被钉在十字架上。她潜进七支围绕忒拜城驻扎的军团，身形隐匿有如笼罩在地狱淡红色光芒中的灯盏。她从一道后门进入城垣内，城垣上挂着砍下的死人头颅，这幅景象如同在某些中国城市；她溜上因仇恨的瘟疫肆虐而变得阒无人迹的大街，坦克驶过，令道路地基都为之颤抖；她直攀上宫殿前的平台，留在那里的女人只要弹火没有击中身畔左右，便会发出阵阵欢声。她埋在长长的黑色发辫之间的、那张失去血色的脸，好比雉堞上那一排砍下的头颅。她无法在两个反目的兄弟之间作出抉择，就像人无法选择结束生命的方式，到底是应该扼紧咽喉还是切开手腕。对于她而言，双胞胎带来的只是一种痛苦的悸动，就像他们最初在伊俄卡斯忒腹中不过是一阵欢快的战栗罢了。她等待败局到来，好向失败者献出生命，仿佛这场不幸是出自神的判决。她再度走下平台，被内心的重量拖着走向战场最深处；她踏在死人的身体上，仿佛耶稣踏在海面上一样。她在因腐烂而开始变得面目全非的尸体中，辨认出了波吕尼刻斯摊开的裸体，既似袒露在惨淡的现实之下，又似暴露在孤独之中，孤独像一个令人畏惧的护卫将他环绕。她拒绝保持可耻的清白，那是一种惩罚。尽管厄忒俄克勒斯获准安葬，他的尸体仍栩栩如生，他却在成功中变得冰凉，被荣誉的谎言变成了木乃伊。尽管波吕尼刻斯战死沙场，他依然像痛苦一般存续着。他不会像俄狄浦斯一样以失明收场，不会像厄忒俄克勒斯一样取得胜利，不会像克瑞翁一样君临天下：他的生命将不再被定格下来，剩下的唯有腐烂。历经战败、缴械与死亡，波吕尼刻斯已然触碰到人类苦难的底线：无论道德还是一点微茫的荣誉，再也没有什么能横亘在他们之间。他们对律法一无所知，在襁褓中就感染了丑闻，被罪恶像羊水一样包裹着，两人都具有一种有悖于尘世且令人生畏的纯洁本性。他们的孤独是如此相契，就像两片吻在一起的嘴唇。她向他俯下身去，就像天空俯向大地，至此，安提戈涅的世界重新获得了完整性：一种难以言喻的占有本能使她倾向这个有罪之人，毕竟不会有人为了他来和她争夺。死去的人就像一只空酒罐，瞬间被斟满伟大的爱所酿造的美酒。她用瘦弱的手臂艰难地扛起这个招来秃鹰啄食的躯体；她怀抱着这位殉道者，就像抱着一个十字架。克瑞翁从防御城墙的高处眺望时，发现了死人的到来，它被一个不朽的灵魂支撑着。禁卫军冲上去，将这位身负起死回生之术的女鬼拖出坟墓：他们的手或许从安提戈涅肩头扯下了一块缝纫粗糙的衫角，拽住这具支离破碎、正如记忆般流走的尸体。然而当卸去了死人的重量之后，低着头的女孩仿佛背负着一位神。克瑞翁注意到了她身上的红色，浸着血渍的破衣烂衫像一面旗帜。无情的城市是没有黄昏的。天色在倏忽间转黑，仿佛烧毁的灯泡，再也发不出光亮：如果国王在这时抬起眼睛，他会发现忒拜的路灯向他掩盖了刻在天空中的律条。他们不在乎命运，因为这世上本来也没有暗示命运的星辰。唯有安提戈涅是神权的受害者，她被赐予赴死的义务，也正是这项特权为她招致怨恨。走在探照灯来回扫射的夜晚，她蓬乱如疯子般的头发、褴褛如乞丐般的衣衫、长得像钩针一样的指甲无不昭示着一位姐妹所能尽到的仁慈之心。烈日当头，她是污秽双手里的清水，是头盔投下的阴影，是覆在亡者唇上的手帕。午夜时分，她又成了一盏明灯。在俄狄浦斯失明的双目中，她的虔诚足以使千万盲人焕发神采；她对那开始腐烂的哥哥的狂热足以跨越时空，温暖无数亡人。然而，光不会被熄灭，只会被掩盖：安提戈涅的痛苦被遮掩了，克瑞翁将她弃在阴沟，丢进活死人墓。她将回到泉水、宝矿与细菌的国度。她遣走了妹妹伊斯墨涅，她们之间只剩下手足之情；打消了海蒙可怕的希冀，他渴望与她一同孕育新的征服者。她要启程去找寻那颗位于人类理性对跖点上的星星，她只有穿过坟墓才能与它相遇。海蒙依从于不幸，在黑色的阶梯上加快了步伐：这盲人的儿子是她爱的悲剧的第三个方面。他来得正是时候，正好看到安提戈涅准备启动这架由吊车、滑轮组装而成的复杂机械，它能够帮助她顺利地逃向神明。正午诉说着狂怒，午夜诉说着绝望。在暗无星辰的敬拜，时间不复存在。沉睡于极度黑暗中的人们看不到他们的意识。克瑞翁躺在俄狄浦斯的床上，枕在坚不可摧的国家律法之上。一些反抗者四散在街头，在正义中沉醉，在夜色中跟跄，在城墙边打滚。城里一片令人迟钝的寂静之中，罪恶正在发酵。突然间，从地下传来的一记记敲击声逐渐清晰、放大，惊动了失眠的克瑞翁，变成了他的噩梦。克瑞翁走下床，摸索着找到了通往下界的大门，那是唯有他才知道的地方。他在地底的黏土上发现了长子的脚印。在安提戈涅散发出的微弱磷光之中，克瑞翁认出了海蒙，他吊在已经自杀的女人的脖颈上，她像一个庞然大物。海蒙被这晃动的钟摆来回拖着，仿佛在测量死亡的幅度。他们绑在一起，仿佛唯有如此才能使躯体变得更加沉重，每一次缓慢地来回摇摆都将他们送往坟墓更深处，而这颤颤巍巍的重量也让星座的机制重新运转起来。钟摆的声音是如此振聋发聩，穿透了石子路、大理石方砖和坚硬的陶土墙，干燥的空气中充斥着血管悸动的声音。预言家将耳朵贴在地面上，仿佛医生般为陷入嗜睡状态的大地听诊。在神的钟表声中，时间重新回到正轨。这世间的钟摆就是安提戈涅的心。

闭着眼睛爱，是像盲人一样爱；睁开眼睛爱，也许是像疯子一样爱：是不计后果地接受。我像个疯子般爱你。

***

我尚存一丝卑微的期望。我不由自主地诉诸本能的间断，就像在心神不属时会弄错名字或门牌。我怀着恐惧希望卡米耶背叛你，希望你在克劳德面前受挫，希望一件丑闻能使你与希波利特彼此疏远。无论出了什么差池，都可能使你栽倒在我身上。

***

生活中所发生的一切俱是初次经历。陷入痛苦之中，我怕我不知该如何自处。

***

一位神希望我活下去，命令你不要再爱我。我不太承受得起幸福，缺乏这个习惯。在你怀中，我只能死去。

爱的用途。纵情声色的人就算没有爱，也能够设法发掘出乐趣。他们通过肢体的交缠与媾合这一系列体验陷入谵妄，于是便能在大脑中更幽暗的区域有所发现。人们需要通过爱来学会痛苦。

LÉNA OU LE SECRET

蕾娜或秘密

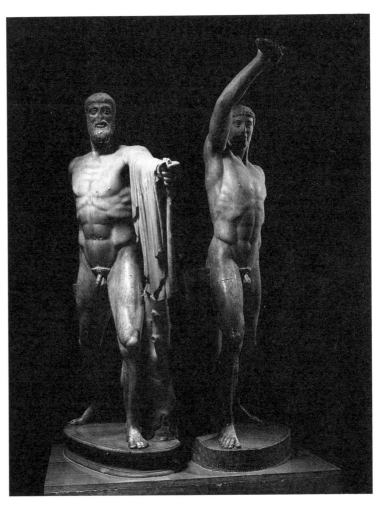

安提诺：弑僭者哈尔摩狄奥斯和阿里斯托革顿雕像复刻品

与其说蕾娜是阿里斯托革顿的姘头、情妇，倒不如说她是他的女佣。他们住在圣索蒂尔教堂旁边一座整洁的房子里。蕾娜在小巧的花园里种了柔嫩的西葫芦和许多茄子，腌制鳀鱼，把红色的西瓜瓤切块，在伊利索斯河干燥的河畔洗濯衣服，督促主人带上一块披风，以防在体育场训练结束后染上风寒。作为一切照料的酬劳，他顺从于她的爱。他们同进同出，一起去小咖啡馆听唱片机里旋出的流行歌曲，那些曲子热情而又忧伤，像昏暗的太阳。每每看到他的照片出现在体育杂志封面，她都会感到自豪。阿里斯托革顿报名了奥林匹克拳击比赛；他同意携她一道踏上旅程；她忍受着道路上的扬尘，驴子因疲惫而放慢的脚步，还有那些满是跳蚤的旅店，店里卖的清水比岛上最好的葡萄酒还要昂贵，不曾有一句怨言。公路上，汽车的噪音经久不息，以至于使人听不到嚓嚓蝉鸣。一日中午，在拐过一座山丘之后，她终于看到了脚下的奥林匹斯山谷，它就像神凹陷的手掌，掌中托着胜利之神的雕像。湿热的空气笼罩着祭台、厨房以及集市上的店铺，里面陈列着蕾娜觊觎的劣质珠宝。在人群中，为了不与主人走散，她用牙齿咬住主人外衣一角。她为受到追捧的运动员们涂抹油膏，装饰绸带，胡乱地吻着他们。他们可谓相当友好，没有拒绝一位女仆的示好。她背诵她所知道的一切祷词，为主人祈求胜利，同时向他的对手们喊出她所知道的一切诅咒。在运动员们漫长的禁欲期里，他们被迫分离，她独自睡在女人聚集区的一顶帐篷里，与马术比赛的场地相邻。她推开了那些从暗处伸过来的手，甚至对邻居拿来的用葵花籽烤制的面包也不屑一顾。拳击手的幻想中充斥着涂了油的男性胸膛以及剃过的头颅，他们的头发甚至没不过手指：她感到阿里斯托革顿为了他的对手们而抛弃了她。竞技会当晚，她看到他作为胜利者被抬上竞技场台阶，像做爱后一样气喘吁吁，被记者的铁笔俘获，被摄影师的镜头捕捉：她觉得他为了荣耀而背叛了她。胜利者日日流连于上流社会的庆典：她看到他在一名年轻雅典贵族的陪伴下走出宗教晚宴，沉浸在迷醉之中，她希望那是因为酒的缘故，毕竟从酒醉中清醒要比从幸福中清醒快得多。他乘着哈尔摩狄奥斯的车返回雅典，将蕾娜丢给一位女邻居照顾。他消失在一团灰尘之后，像一个死人或一位神祇一样离开了她的抚摸；她记住的最后一个关于他的画面，是那块系在棕色脖颈上的上下翻飞的披肩。像一只路边的母狗远远追随着弃它而去的主人，蕾娜朝相反的方向踏上了一条崎岖而漫长的路途——在这条路上，女人因害怕撞见萨提尔[1]而在人迹荒疏处加快脚步。每当她走进村庄旅店讨一点阴凉、一杯咖啡和一杯水，旅店主人无不正忙着数从两个男人口袋里漫不经心掉出来的金币；无论在哪里，他们都要住最好的房间，饮最甘醇的美酒，迫使歌伎引吭高歌到天明。蕾娜在爱情中获得的骄傲，医治了爱情造成的伤口；但爱情之所以令她受伤，也是因为这份骄傲。日转星移，年轻而英姿勃发的神只剩下

---

1 希腊神话中，萨提尔是树林之神，拥有人类的身体和部分山羊的特征，是酒神狄俄尼索斯的随从，以懒惰、贪婪、淫荡、酗酒而闻名。

一张面孔，之于她不过是一个名字、一段轶事、一场短暂的过去。佩特雷的停车场管理员告诉她，他叫哈尔摩狄奥斯；皮尔戈斯的马贩子谈论起他的赛马；冥河上的摆渡人因工作之故常与死者往来，从而得知他是一个孤儿，他的父亲刚刚登上生命的彼岸；大路上的小偷间没有人不知道雅典的独裁者给了他庞大的财富；柯林特运河上的交际花自称见识过他的俊美。所有人——哪怕是乞丐、村里的痴子——都知道他的赛车载回了一位奥林匹克竞技会拳击冠军：这光彩照人的男孩就像是一座奖杯，一个挂着饰带的花瓶，是长发飘飘的战神的化身。在墨伽拉，负责征收入市税的小吏告诉蕾娜，哈尔摩狄奥斯拒绝为国王的双轮马车让路，希帕恰斯愤怒地谴责了年轻人的忘恩负义以及那些伤风败俗的幽会：国王的卫兵强行收回了他的战车，国王称这不是赐给他，好让他与拳击手一道兜风的。在雅典市郊，蕾娜在反叛者的呼喊声中颤抖，主人的名字通过数万张嘴唇传到她耳中，变得破旧黯淡。年轻人为胜利者举行了火炬游行，希帕恰斯拒绝参加：被连根拔起的松树淌着热泪，为牺牲了的树脂而哭泣。在圣索蒂尔的小屋里，舞娘的鞋跟不均匀地敲击着庭中的石砌地面，影子映在墙上，宛如绘着舞动裸女的壁画。为了不打扰别人，蕾娜悄悄溜进了厨房。水罐、炖锅不再对她诉说熟悉的语言，她用笨拙的双手准备饭菜，在拾起一只打碎的玻璃杯时不小心割伤手指。她试着用骨头与谄媚讨好哈尔摩狄奥斯那只睡在食品柜下的猎犬，可这却是白费力气。她期盼着主人能给她带回晚宴的菜单——他常常流连于那些上流社会的聚会。然而他却不再对她流露一颦一笑。为了摆脱她，他遣她到德西里亚的小小农庄里收割葡萄。她猜想主人会与哈尔摩狄奥斯的妹妹缔结婚姻；想到他将有一个妻子，这令她感到恐惧；想到成群的孩子，这令她感到忧愁。她活在想象投下的阴影之中，想象那俊美的爱神将在新婚之时被烟火环绕。迟迟未来的婚约只在某种程度上给这天真的女人带来慰藉，她混淆了真正的危险：哈尔摩狄奥斯将不幸带进家门，就像带进一位蒙面的情妇，她感到人们为了这虚无缥缈的女人而抛弃了她。一晚，一个筚路蓝缕的男人敲响了仆人进出的边门，腼腆地想讨一块真相的面包。她没有从他饱含风霜的容貌中认出这张脸，尽管这张脸曾无数次出现在邮票或印有希帕恰斯半身像的硬币上。碰巧回到家中的阿里斯托革顿看到她与这可疑的乞丐坐在桌旁。他对她是那么不屑一顾，以至于没有出言责备：人们将这个男人驱逐出去，房间里突然充满尖叫声。几天之后，哈尔摩狄奥斯在漏壶泉边发现了遭到伏击、身受重伤的好友。他唤来蕾娜，在她的帮助下将拳击手刀痕累累的躯体抬到家里唯一一张长沙发上。他们被碘伏染黑的双手在伤者的胸膛上频频相碰。蕾娜注意到，哈尔摩狄奥斯低俯的前额上出现了一条焦急的皱纹，他就像是能使伤口愈合的阿波罗。她向年轻男人伸出簌簌发抖的大手，恳求他救救她的主人。听到他为这满身的伤痕而自责，仿佛对这一切难辞其咎，她并不感到惊讶，因为她相信神理应掌握全部的生杀予夺。便衣警察沿着清冷的街道来回走动，脚步声令睡在长椅上的伤者悚然而栗；只有哈尔摩狄奥斯继续在城中穿梭，仿佛他的身体刀枪不入，这无所顾忌的风度更使蕾娜确信，他就是神祇。他们竭力使她相信前一夜的冲突只是一场醉汉间的斗殴，生怕她向街头的屠户或杂货店店员饶舌，从而走漏了复仇的风声。蕾娜惊恐地发现，他们让狗试吃她准备的炖菜，仿佛认为她有充足的理由憎恨他们。为了销声匿迹，他们与几位朋友一起来到帕纳斯山上，像克里特岛人一样安营扎寨，对她隐瞒了所隐居山洞的位置。她负责给他们带去食物，放在一块石头下面，仿佛是为游荡在无名棺材上的亡魂飨以食粮。她为阿里斯托革顿带去祭品般的黑葡萄酒与大块带血的肉，却没能让这具失去血色的幽灵吐露只言片语，他不会再吻她。负罪的梦游者不过是一个正向着坟墓走去的死人，就像死去的犹太人走上去往约法沙谷[1]的朝圣路。她小心翼翼地碰碰他的膝盖与赤足，以确认它们尚未冰凉。她颇为笃定地相信，哈尔摩狄奥斯手中握着的就是通灵之神赫尔墨斯的神杖。他们这一行人怀揣着作为臣仆的恐惧与复仇者的狼子野心重返雅典。形形色色的人——一贫如洗的乡绅、仕途潦倒的律师、穷途末路的士兵——潜入了主人

---

1 基督教中，约法沙谷是神审判人类的地方。

的房间，仿佛随着神的出现而来的阴影。自从哈尔摩狄奥斯出于谨慎不再于家中安寝后，蕾娜被打发到顶楼，再也不能像看护病人一样夜夜侍候她的主人，像对一个孩子那样为他披好被角。躲在屋顶上的蕾娜窥视着这座患上失眠症的房子，看着它的大门不知疲倦地开阖：她在不明就里的情况下被卷入来来往往的来访者之中——他们是纺织着复仇的梭子。为了一场竞技运动后的盛会，她被遣去在棕色呢子裙子缝上顶环十字饰。这一晚，雅典所有的阁楼灯光不息：贵族少女们为了第二天的仪式精心准备着领圣体时穿的长裙，祭坛深处圣母玛利亚棕红色的头发被重新弄卷，千万颗香珠在雅典娜的鼻子下燃烧。蕾娜膝上坐着小伊里尼，她现在和他们住在一起，因为哈尔摩狄奥斯担心希帕恰斯出于报复将他的小妹妹掠去。她对这个小女孩怀有深切的怜悯之情。从前，她一直担忧她会戴着新婚的花环进入这个家庭，现在两个人的希望仿佛同时落空了。她花了整整一夜挑拣红玫瑰花，让这孩子明天能将花朵大把大把地抛撒在至贞的圣女走过的路上。哈尔摩狄奥斯将手不耐烦地插进花篮，使双手像浸透了鲜血。当雅典露出珍珠般的面庞，蕾娜牵起小伊里尼的手，孩子在泛着珍珠光泽的面纱下瑟瑟发抖。她与这个乖巧的孩子一同攀上通往普罗皮来门的斜坡……一万根巨大的蜡烛在黎明的幽光中微弱地闪烁，像千万点来不及向坟墓遁去的鬼火。还未从噩梦中完全清醒过来的希帕恰斯对着泛白的天空眨眼，漫不经心地检视这列纯真而青涩的雅典孩童。突然间，他发觉小伊里尼未长开的面孔流露出一种令人厌恶的熟悉感：国王暴跳如雷，摇撼着幼小的女贼的手臂，她竟然长着同一双令人憎恶的眼睛。国王咆哮着命人将无耻之徒的妹妹赶出自己的视线，那人败坏了他的清梦。孩子跪了下来，红色的花瓣跌出倾倒的花篮。泪水使女孩脸上那种既使她变得面目可憎又蒙上神圣色彩的相似性变得模糊。当天空转为金色，就像这颗金子般坚贞不渝的心一般时，忠实的蕾娜带回了这个衣冠不整的孩子，她已经丢掉了手中的花篮。哈尔摩狄奥斯为发生了他期待之中的羞辱而大喜过望。跪在院子里石板路上的蕾娜，像在葬礼上献歌的歌手一样轻晃着头，她感到这冷酷的男孩把手搭在她的额头上，就像涅墨西斯[1]一样。她语气平板地复述了独裁者的辱骂与威胁，并不试图添油加醋，那可怖的平淡就像法官对既成事实作出最终审判。声声诋毁令哈尔摩狄奥斯眉头皱得更紧，笑容中的仇恨更深。在这位甚至不屑于过问她姓名的天神面前，她为终于获得了存在感、有了用武之地而陶醉，即使带回的消息令他深受煎熬，她也感到喜悦。她帮哈尔摩狄奥斯砍掉了庭院中美丽的月桂树，仿佛当务之急消除一切阴影是头等大事。她与两个男人一道走出花园，将厨房里的菜刀藏在圣枝主日的树枝下。她在伊里尼午睡时关上了房门、鸽子笼和饲养蚕的纸盒子。过去的一切变得像一场梦一般深沉。在盛装的人群之中，她与两位主人走散了，事到如今对她而言这两人已无彼此之分。她追随着他们穿过帕特农神庙前的一地狼藉，在一摞摞粗坯间跌跌撞撞——未来，圣母玛利亚教堂在化为废墟后也不过就是这样。当天色开始泛红时，她看到两位友人消失在林立的圆形立柱之后，就像被绞进了能把人心剖开并从中剥离出神明的机器。尖叫

---

1 希腊神话中，涅墨西斯是复仇女神。

声、炸药爆炸声在四处响起：希帕恰斯的哥哥倒在祭台上，开膛破肚，被鲜血与火焰所覆盖，仿佛将心肝肠肚献给了祭司的实验。希帕恰斯受了致命伤，可他仍然咆哮着发出指令，倚着柱子以免眼睁睁地倒下。卫城的山门关闭了，阻断了反叛者唯一一条不致空劳一场的道路。谋反的人被困在蓝色的石砌大门背后，他们四处逃窜，在诸神之间踉踉跄跄。阿里斯托革顿腿受了伤，他在潘神的山洞中被驱赶猎物的人捕获。哈尔摩狄奥斯被私刑处死，身体在人群践踏下支离破碎，就像倒在酒神血腥的弥撒中；敌人们——其中也不乏簇拥者——亲手传递着这块骇人的圣体饼。蕾娜跪下来，拾起哈尔摩狄奥斯的束发带扣放在围裙里，仿佛这是她能为主人做的最要紧的工作。猎犬扑向她，人们绑缚了她的双手。这双手已不再是一双在家务琐事中操劳的手，它成为独裁者士兵方阵之下受害者的象征。蕾娜登上囚车，像死人登上通往冥河的摆渡船；她穿过被恐惧冻结、凝固的雅典，关起的护窗板背后藏着无数张面孔，人们唯恐被迫参与审判。她在一栋既像市政厅又像监狱的房子前下了车，认出这是元首的宫殿。在车行辚辚的大门下，她与拖着伤腿、脚步蹒跚的阿里斯托革顿擦肩而过：行刑队从她面前鱼贯而出，她像死人一样的玻璃般的瞳孔未向主人投去一瞥。对她而言，隔壁院子深处响起的枪声不过是在哈尔摩狄奥斯坟墓上放起的礼炮。人们将她推进一间刷着雪白石灰粉的房间，在那房间里，受到折磨的人像陷入极度痛苦的野兽，而屠夫则像在做活体解剖。躺在一架担架上的希帕恰斯向她转过缠着绷带的脑袋，用女人般蜷曲的双手摸索着，对唯一的真相如饥似渴。他的声音是那么低、他靠得那么近，审讯仿佛成了恋人间的喁喁私语。他想要知道名字，她必须供认不讳：她看见了什么？谁是他们的同谋？是两人中年长的那一位将年轻人引入了这场死亡的竞技，还是拳击手在为哈尔摩狄奥斯充当打手？那个年轻人是出于恐惧才试图摆脱他吗？他知道他的主人并不恨他，且已原谅了他吗？他是否常常谈起他？他悲伤吗？这男人与这女人在绝望之中建立起一种亲密，他们都曾将同一个人奉若神明，因同样的遭遇痛不欲生，他们调转暗淡的目光望向那两位逝去的人。蕾娜经受着拷问，咬紧牙关、闭紧嘴唇。主人们曾经在她端上菜肴时闭口不谈；她就像一只蹲在门边的看门犬，守在他们生活的边缘。一无所知的女人出于自尊，试图让人们相信她无所不晓，相信她的主人把心都交给了她，仿佛她是位可靠的女窝主，他们曾对她吐露过去的一切。刽子手为了打破沉默，将她架在行刑架上。人们用水刑威胁这团火焰，并讨论用火刑来折磨这个信源。酷刑使她惊恐万分，她不愿屈辱地承认她从来只是一个仆从，绝对不是一个同谋。一道鲜血从她的口中喷出，有如咳血症发作——蕾娜咬断了舌头，掩盖了所有她不知道的秘密。

在更烈的火中燃烧……如同倦兽，一记火焰抽打在我腰间。我重新领会了诗人隐喻中的真意。每一晚，我都在沸腾的血液中苏醒。

***

我只懂得崇拜或纵欲……这说明什么？我只懂得崇拜或怜悯。

***

基督徒对着十字架祈祷，将它举起覆在唇上。就算这截木头从未真的绞死过救世主，对他们而言亦足矣。对受难者的崇敬之情，让这可憎的行刑工具变得圣洁。仅仅爱人是不够的，不能不崇拜他们的苦难、他们的堕落、他们的不幸。

***

当我失去一切时，我还拥有上帝。如果我背离上帝，又会与你重逢。就像长夜与白日，没有人能同时拥有。

***

　　雅各在迦南之地与天使角力。这天使就是主，所以他的对手必定要落败，并在挫折中扭伤。金梯的台阶只留给那些起初就接受了这场注定失败的人。主是我们所能遇到的所有的、无法战胜的力量。死亡是主，红尘是主，被拍打着的巨型翅膀掀翻时，愚昧的拳击手所想到的也是主。你是主：你能将我摧毁。

***

　　我不会再坠落。我已抵达中心。我听到了不知哪只神圣的钟表发出的敲击声，透过生命薄薄的一层血肉，其中充盈着血液、悸动与喘息。我就在这事物神秘的核心之畔，有如某些夜晚守在一颗心旁。

MARIE-MADELEINE OU LE SALUT

抹大拉的马利亚或救赎

罗伯特·威廉·艾克曼:《抹大拉的马利亚》

我叫马利亚；人们叫我抹大拉。抹大拉是我们村庄的名字；在这一小片土地上，我的母亲有田地，父亲有葡萄园。我是抹大拉本地人。中午时，姐姐马大为田间的工人们送去一罐罐啤酒，我则空手而往，他们垂涎于我的笑容，用目光抚摸我，仿佛我是将熟的水果，就差一点阳光促生甜美的滋味；我的双眼是困在睫网中的野兽，我点漆般的嘴唇像吸饱血的蚂蝗。鸽笼填满了鸽子，木箱填满面包，钱匣填满印有恺撒胸像的钱币，马大在我的嫁衣上标记下约翰名字的首字母，为此颇费眼神。约翰的母亲有鱼塘，约翰的父亲有葡萄园。婚礼当天，约翰和我坐在喷泉旁的无花果树下，仿佛已经从祝福中感受到未来七十年光阴那难以承受的重量。在我们女儿们的婚礼上，同样的舞曲将再次奏响；她们会有子子孙孙，我仿佛已感受到后代的负累。约翰从童年深处向我走来；他对天使微笑，那是他唯一的伙伴；我替他回绝了罗马百夫长的薪俸。他从酒馆逃开，那里的妓女们在可怜巴巴的笛子发出的激烈乐声中，像蝰蛇一样晃动；他的目光也从农场女孩圆圆的脸庞上移开。爱上他的纯真是我的第一宗罪。我在与一位看不见的对手搏斗，却对此全然不知，就像我们的父亲雅各与天使搏斗时一样，而战利品就是这个头发蓬乱的男孩，他稻草般的碎发织成了光环的形状。我不知道有另一个人，在我爱上约翰、约翰爱上我之前就已钟情于他。我不知道主是孤独者的权宜之计。我在女人们的房间里主持喜宴，乡野愚妇在我耳畔絮叨着虔婆的秘方与媚术；笛子像处女般发出尖叫，击鼓声像心跳声的回响。蜷缩在阴影中的女人们像一沓堆起的纱，露出一串乳房，用滑腻的声音表达羡慕之情，因为我即将感受到丈夫带来的狂热幸福。被割断喉咙的羔羊在院子里悲啼，就像希律王的屠夫手下那些无辜的人。我没有听到远处劫掠成性的主的羔羊发出的咩咩叫声。夜雾使上层房间里的一切变得模糊，灰暗的白日失去了形质、消褪了色泽；我没有看到，在下面男人围坐的桌子一端，一个浑身雪白的流浪汉坐在贫穷的亲戚们中间，通过一个触碰、一次亲吻，将可怕的麻风病传染给年轻人，他们就此被迫众叛亲离。我没有料到，诱惑者的存在会让世人如此轻松地放弃享乐，仿佛它是一种罪过。人们掩上门扉，点起驱邪除秽的香料，留下我们独处。举目间，我才发现，约翰度过他的婚礼，不过就像走过一个挤满欢快人群的广场。他颤抖只因痛苦，面色苍白只因愧疚；他害怕灵魂的动摇使他失去占有主的能力。我无法分辨约翰脸上浮现出的怪相，是出于厌恶还是出于欲望：那时我还是处女，再者说，所有陷入爱情的女人不都是可怜的无辜者么？直到后来我才明白，对他而言我正等同于最可鄙的肉欲之过，等同于公序良俗所赞成的一种合法之罪，正因为可以毫不羞愧地体验而显得更为邪恶，正因为不会招致惩戒而更加骇人。他选中我，只因为我是女孩们中最好的掩护，他暗暗希望追求的是一个永远得不到的女人。我将他的厌恶解释为不喜唾手可得的猎物；坐在床畔，我不过是个可以随意摆弄的女人。他不可能爱我，这在我们中间建立起某种相似性；两个不同性别的人之间存在的差异足以摧毁信任、验证爱情，但这相似性比差异更突出：我们彼此都渴望让步于一种比个人意志更强烈的意愿——献出自我，并为此心甘情愿。为了获得全新的生命，我们将跨越一切痛苦。披着长发的人奔向一位**丈夫**。他将额头压在因呼出的水汽氤氲而变得越来越浑浊的窗户上：星辰疲倦的眼睛已不再偷睇我们；埋伏在门另一侧的女仆许是将我的哭泣当成了爱的抽噎。一个声音从夜里升起，呼唤了约翰三次，仿佛来到了那些住着濒死之人的房子前：约翰打开窗户，探身观测黑夜的深度，看见了主。而我只看见了夜色，也就是主的外套。约翰扯下床单，将它们打结做成绳索；地上的萤火虫翕动翅膀有如星辰，使他看起来仿佛升入天空。这叛逃者倾慕主的胸膛胜过倾慕女人，渐渐地消失在我的视野中。我小心翼翼地打开卧室门——门内发生过的只有一次逃离。我跨过门廊上鼾声四起的宾客，从衣架上取下拉撒路带风帽的斗篷。夜色浓郁，使人不见地上神圣足趾留下的踪迹；我蹒跚走过的石板路，再也不是那条我曾在放学后单腿跳着嬉戏玩耍的石板路；生平第一次，我以一个无家可归之人的视角打量那些房子。在声名狼藉的暗巷，老鸨漏风的嘴里再度流出下流的撺掇；在农贸市场拱廊下呕吐的醉汉使我想起婚礼上的一坛坛美酒。为了躲避夜间巡逻队，我沿着酒馆的木头长廊一直奔进了罗马长官的房间。这个粗人向我敞开了大门，因曾在拉撒路的餐桌上向我祝酒而醉醺醺的；他无疑将我当成了常与他同寝的婊子们中的一个。我的脸上始终罩着黑呢风帽；仅仅献出肉体，这对我来说容易得多：当他认出我时，我已经是抹大拉的马利亚了。我对他掩盖了约翰在新婚之夜将我抛弃的事实，唯恐他觉得有必要在欲望的酒里掺上些会冲淡滋味的怜悯之水。我使他相信，比起我那苍白的未婚夫永远合拢的纤细双手，我更喜欢他毛茸茸的双臂：我替约翰守住了他投奔向主的秘密。村里的孩子们发现了我所在的地方；人们向我投掷石块。拉撒路遣人清干磨坊的水塘，以为能在那里捞出约翰的尸体；马大垂着头走过酒馆；约翰的母亲为了独生子所谓的自杀来向我讨一个说法：我没有自证清白，只有使他们相信这失踪的人曾经狂热地爱过我，才能减轻我的羞耻感。下个月，马里乌斯[1]接到命令，他将前往加沙加入巴勒斯坦第二军团；我没能筹到足够的钱订到火车上的三等座位——这些位置通常留给了通灵者、穷人、休假的军人还有救世主。酒馆掌柜收留我做些抹干杯子的活计：我跟着掌柜学会了烹饪欲望的技艺。被约翰轻视的女人一下子跌入最底层的人中间，对我而言这倒并非多么突兀的转折：每一次打击、每一次亲吻都在重新塑造我的面庞、胸脯与肢体，使身体逐渐不同于我的朋友从未抚摸过的那一具。一位来自贝都因的骆驼夫同意将我带到雅法，价钱是投怀送抱。一位马赛商人携我上了他的船；睡在船尾，我任由自己被泛着泡沫的大海温暖的震颤所倾覆。在比雷埃夫斯的一间酒吧中，一位希腊哲学家教给我智慧，仿佛智慧不过是一种更放纵的荒淫。在士麦那，大手笔的银行家使我懂得牡蛎肉与野兽皮毛能让裸女的皮肤更加柔滑，使我既引人嫉羡，又惹人垂涎。在耶路撒冷，一位法利赛人让我从

---

1 马里乌斯（前 157 年—前 86 年）是古罗马著名的军事统帅和政治家。

此习惯了将虚伪永远粉饰在脸上。在凯撒利亚一间陋室深处,一位被治愈的麻痹症患者向我说起了主。尽管天使竭力要将他带回天界,主却继续在一个又一个村庄间游荡,嘲弄祭司,诋毁富人,为家庭送去不睦,为作奸犯科的妇人辩白,到处行使救世主可耻的职责。追求永恒竟成为一种风尚:在一个只有社会名流才能受邀赴宴的星期二,法利赛人西门欲宣布追随主。我这般零落辗转,不过是为了成为那个可恶的朋友一个不那么天真的对手:引诱主,以此夺走约翰永远的支柱,以此迫使他将全部肉体的重量再度倒向我身上。在主的完美无瑕衬托之下,我们才显得若有所缺,在我们这些被创造的生灵之中,没有一个是完美的存在。一旦约翰明白了主不过是凡人,他再也不会渴慕他胜过渴慕我的乳房。我身姿款摆,像要奔赴舞会;我沐浴薰香,像为了床笫之欢。我在宴会厅的亮相打断了人们的狼吞虎咽;在一阵恐惧的骚动中使徒们站了起来,担心被我窸窣的裙裾沾染:在这些正派人眼里,我是如此不洁,仿佛我正在不断流血。只有主依然卧在皮长凳上:本能地,我认出了这双因踏遍我们地狱所有的路途而磨损直至露出骨头的双脚，认出了他星星点点镶满虱子的头发，他纯净的大眼睛，仿佛那是他仅存的属于天上的只影残片。他像痛苦一样丑陋，像罪恶一样肮脏。我跪下来，吞下唾液，做不到在主本已深重到可怖的不幸之上再添一句嘲讽。我立刻觉察出，我诱惑不了他，因为他并未逃避。我解开发辫，仿佛是为了掩饰赤身裸体的荒谬；我在他面前清空了记忆的瓶子。我了解到这位法度之外的人，曾在某个早上溜到黎明的门外，将三位一体中的其他人抛在身后，令剩下的人空自惊讶。他在平民出没的饭馆里与人搭伙吃饭，向无数过客倾诉衷肠，他们拒绝向他托付灵魂，却向他索要所有摸得着的快乐。他甘与强盗为伍，忍受麻风病人的碰触与警察的傲慢：和我一样，他接受了向所有人献身的可怕命运。他那似乎丧失了全部血色、有如尸骨般的大手放在我头顶，这一举动仅仅使奴役的方式发生变化：就在魔鬼离开我的那个毫厘不爽的瞬间，我成了主的附庸。约翰从我的生命中隐去了，仿佛这位福音传教士之于我仅仅是一位**先驱**：在受难面前，我忘却了爱。我接受了贞洁，像一种极致的堕落——我夜夜无眠，在芦苇与泪水中簌簌发抖，躺在野外使徒们中间，像一群对牧人情深意笃且冻僵了的绵羊。我嫉妒死者，总有预言家们光降他们并将之重新唤醒。我协助神圣的接骨医生完成精彩的治疗。我将泥土涂抹在出生即失明的双目上。我让马大替我主持伯大尼的午餐日，担心约翰在我刚刚离开的木凳上坐下，膝盖碰到天神的膝盖。拉撒路奇迹般的重生赚取了我的尖叫与眼泪：这被绷带包裹的死人从坟墓中迈出了最初几步，简直就像是我们的孩子。我为他招徕信徒。我将我苍白的双手浸在圣礼后的洗碗水中。在救赎的一击[1]达成的时刻，我在橄榄树广场边为他放哨。我是如此爱他，以至于不再抱怨：出于恋慕，我有意加深他的苦难，唯有通过苦难他才能成为神。为了不毁掉他作为救世主的职业，我眼睁睁地看着他死去，就像一个情妇眼睁睁地看着心爱的男人步入盛大的婚礼。在巡捕房，当彼拉多让我们选择释放窃贼还是释

---

1 基督徒传统上认为耶稣事先已知道自己将死，并愿意牺牲，这是"上帝的代理人"为弥补人类的罪恶所进行的救赎。

放主时，我像其他人一样呼喊着要求释放巴拉巴[1]。我看着他躺在永恒的婚礼中竖起的床上，我和大家一起用绳子捆绑，用还带着海水苦涩味道的海绵为他擦拭，看着士兵力掷长矛刺穿这颗高贵的吸血鬼的心，害怕他东山再起，汲取未来的一切。我感受到这只被钉牢在时间大门上的猛禽，在我的额头上方呻吟。一阵带着死亡气息的风将薄纱般的天空割得支离破碎；世界在十字架重量的拖拽下倒向了夜的另一边。苍白的船长吊在三桅帆船的横桁上，被原罪浸没：木匠的儿子为算错天父的运数而付出代价。我知道他忍受的酷刑不会带来什么好结果：这场死刑的唯一结果，是告诉世人主并非无懈可击，被奉若神明的罪人在人间抛洒的不过是无用的血滴。运气的骰子徒劳地在士兵手中晃动：长衫广袖的碎片还不够给一个人做件衣裳。我将水波般的长发铺在他的脚面上，徒劳地安慰着那唯一一位孕育了主的母亲。我母犬般的尖叫声再也无法被死去的主人听见。强盗们至少与他分享了痛

---

1 传说中同耶稣一起接受群众审判的强盗。

苦：在那架见证了举世之恸的刑具之下，我的所作所为仅仅打扰了他与迪马斯[1]的对话。人们架起梯子，收紧绳索。主像成熟的果实一样下坠，作好了在墓土中腐烂的准备。他了无生气的头第一次接受了我的肩膀；从心脏中流出的汁液将我双手染红，仿佛回到了葡萄采摘的时节。亚利马太的约瑟走在我们前面，手提灯盏。约翰和我被这具比常人更沉重的躯体压弯了腰。士兵们用磨盘助我们将墓穴封死。在落日余晖的晚凉之中，我们回到城里。受难的消息被当作一桩轶事，在商店里、在戏院中、在出言不逊的酒保间、在晚间小报上流传，无不使我们万分错愕。我用了一整夜从交际花的衣料中挑出最美丽的几件；天刚一破晓，我就遣马大去买了最纯正的沉香。公鸡引吭高歌，仿佛为了唤起彼得的悔过之心；惊觉天色大亮，我沿着一条乡间小道返回墓地，沿途的苹果树唤起原罪的记忆，一串串葡萄则使人想到救赎。尽管风自北方来，我们却没有嗅到主的尸体散发的气味。顺着一

---

1 在天主教传说中与耶稣同钉在十字架上的两名囚犯之一。

段记忆——这不朽天使——的指引，我走回这个仿佛开在我内心深处的洞穴。我靠近这具躯体，像靠近我自己的坟墓。我已摒弃了所有复活的希望，摒弃了一切死而复生的允诺，却没有注意到在神意的酝酿下，压榨机上的磨石裂开一道缝。主从死亡中苏醒，就像失眠者从睡眠中醒来一样。被开启的坟墓里空悬着从花匠那里讨来的裹布。一生之中，我再度面对着一张空空如也的床榻。沉香珠在墓中四处滚落，掉进夜的深处。环堵回荡着我如女鬼般未餍足的哭嚎。悲愤难当，我一头撞向石梁。白雪般的水仙花田上未有履足的痕迹：偷走主的人必是行在天上。花匠俯身向着土地，为园地拔除杂草：他在草帽下抬起头，稻草赋予他阳光与夏天的光环。我跪了下来，像陷入爱河的女人那样轻轻颤抖，仿佛浑身上下都在感受着心的跳动。他扛在肩上的耙子，能够清除掉我们的过错。他手中握着线团和整枝剪，那是命运女神托付给这位不朽的兄弟的。也许，他已经作好了准备，将通过那条布满荆棘的道路走向地狱。他了解荨麻忏悔的秘密，了解蚯蚓承受的痛苦：死者的苍白依然残留在他身上，仿佛他伪装成了一株百合。我猜想他的第一个举动一定是从身上驱走欲望带来的罪孽。在这花朵丛生的世界里，我就像一只蛞蝓。空气如此清冽，我举起的手掌仿佛贴在一块玻璃上：死去的主人从时间镜面的另一端跨了过来。我的叹息使这伟岸的形象变得模糊：主就像晨间玻璃上的反光一般消失了。我不透光的身躯阻挡不了这场复活。破碎的声音仿佛是从我的内心深处响起。我双臂交叉着倒下，被心的重量拖曳：在刚刚被我打碎的玻璃背后，什么也没有。我又一次变得比寡妇还要空虚，比被遗弃的女人还要孤独。我终于认清了主的残酷的全部面目。主不仅仅从我这里偷走了一个人的爱，在我自以为他是多么无可替代的年纪。主使我从此不必体会孕期的恶心、分娩的昏沉，不必在垂垂老矣时坐在村子广场上打瞌睡，不会有孩子把我葬在陵园的坟墓中。而在免去平庸之后，主再度使我免于谬误。在我初涉欢场之时，他没有给我登上荧幕或引诱恺撒的机会。在带走尸骨之后，他又从我这里夺走了灵魂：他甚至不愿我沉溺于幻梦。他就像一个最善妒的人，摧毁了我的美貌，使我难以重新落入欲望的温床：我的乳房垂了下来，我与主旧日的情人死神毕肖。他就像一个精神错乱的人，只爱我的眼泪。然而主巧取豪夺了我的一切，却并未将他的一切交付于我。我只分到了博爱的一点碎屑：作为第一个回来的女人，我与其他信徒一道分享他的心。旧日的情人们曾扑倒在我身上，毫不顾忌我的灵魂；来自天界的心灵伴侣却只在意温暖我不朽的灵魂，这使我的灵与肉总有一端在承受痛苦。不过他依然拯救了我。多亏了他，我只能够从不幸中汲取快乐，唯此才是源源不竭的。我逃离了日常琐事的繁文缛节，逃离了金钱的负累，逃离了成功带来的固步自封，逃离了伴随荣誉而来的自满，逃离了沽名钓誉的诅咒。正是因为这不幸被抹大拉爱上的人逃去了天上，我才避免犯下一个肤浅的错误，就是成为主不可或缺的人。我尽情地让自己顺从于神圣的巨浪，我不后悔被上帝的双手重塑。他既没能将我从死亡或谬误中拯救出来，也没能使我摆脱罪恶，因为这只能依靠我们自救。可他却将我从幸福中拯救。

当我再见到你时，一切复又变得清晰。我接受了忍耐。

***

可是你要走吗？你要走了？……不，你不能走：我把你留下了……你将你的灵魂留在我手上，像留下一件外套。

***

同侪？不，你我离得更近。我视你如己般珍重。

***

我认识一些来自神的国度的年轻人。他们在举手投足间会使人想起星辰的航线。他们斑岩般坚硬的内心对一切都无动于衷，这倒不令人意外。一旦他们伸出双手，这群精致的乞丐所展现的贪婪就昭示出神的秽行。与诸神相类，他们显露出与豺狼、蛇蝎之间某种令人不安的相似性。被送上断头台时，他们像被斩首的石膏像般苍白。一些女人和女孩们则来自圣母的国度：糟糕的处境哺育着希望，就像哺育一个未来将被钉上十字架的孩子。我的朋友中还有一些来自智者的国度，大概是印度或中国大陆：他们周围的世界化为轻烟，散落在冰冷的池塘周边，池塘里映出万物的样子，梦魇像被驯服的老虎徘徊逡巡。爱神，我严肃的偶像，你伸向我的双臂像撑开的双翼。我将你当作我的品德天使；我在你身上还看到了宰制天使、异能天使的影子。我将自己托付给这架由一颗心脏驱动的飞机。夜晚，在我们共同流连的腌臜酒馆里，你赤裸的身体就像天使，审视着自己的灵魂。

***

我的神祇，我将身体托付到你手掌中。

***

常言道：欣喜得发狂。何不如说：痛苦使人镇静。

**

　　占有与了解是同一回事：在写作中总能自圆其说。爱情是巫师：它知道那些秘密；它是地下水卜测者，它知道源头所在。无动于衷是独眼人，仇恨是失明者，它们在蔑视的壕沟中磕磕碰碰。无动于衷是不知情，而爱是了然，它卖力地拼凑着肉体。必须拥有一个人，才有机会欣赏他赤裸的模样。我必须爱上你，才能懂得即使最庸常、最恶劣的人也足以激发高高在上的神明永恒的牺牲。

**

　　6 天，6 个月，6 年，还会有 6 个世纪……啊，唯有死才能让时间停下！

PHÉDON OU LE VERTIGE

斐多或眩晕

雅克-路易·大卫:《苏格拉底之死》

听着，塞贝斯[1]……我低声对你说，因为只有悄声细语，我们才能听到自己。我快要死了，塞贝斯。别摇头，别对我说你知道人必有一死。时间对于你们这些哲学家而言不值一文，但它确实存在着，为我们像为水果一样增加糖分，再将我们像干草一样脱去水分。对于陷入爱情之中的人而言，时间不复存在，因为情人摘下自己的心，将它献给了所爱之人；如此一来，他们对爱情之外的芸芸众生无动于衷；如此一来，他们一边落泪，一边心安理得地承受着绝望。而正是在这些血淋淋的时钟走慢时，陷入爱情的人看到了衰老与死亡的临近。对于耽于痛苦的人而言，时间亦不复存在：它匆匆而过仿佛被一笔勾销，磨难发生的每时每刻都像经历了一世纪的风暴。每当痛苦向我

---

1 塞贝斯是古希腊哲学家，也是苏格拉底的学生之一。

袭来，我会匆匆报之以微笑，以期它能回馈我一个笑容。痛苦总是以容光焕发的女人的面目出现，一旦我们注意到她，她会变得格外靓丽。我从痛苦中习得与之对立的一面所能教给我的东西，就像我从生活中获得了零星对死亡的认识。如同倒映在泉水之中的那喀索斯，我映在人的瞳孔当中：我从中看到的形象是如此光芒四射，我感激自己能够给予幸福。我曾从爱慕我的人的双眼中领略零星爱的滋味。从前，在埃利亚，被荣耀的低语环绕着，我从身边悸动着的越来越颤抖的笑声中测度着青年时代取得的进步。名门之家像一块丰腴的土地，我背倚着过去的辉煌，将财富披在身上，像披着一件金子做的外衣。星辰像灯塔般转动；花朵结成果实，厩肥复为花朵。人们像苦刑犯或村里的夫妻一样结伴而过。欲望的笛声、死亡的鼓声为他们忧伤的华尔兹伴奏，这里永远不乏舞者。在沉浸于未来的年轻男孩眼中，他们以为笔直向前的道路，不过是一条循环往复的道路罢了。我的头发簌簌颤动；我的睫毛为囚禁于眼皮下的双眸蒙翳；我的血液在千道蹊径中奔流，仿佛地下暗河，在亡灵的夜视中显露出黑色，一旦太阳从死人中升起来，又变为红色。我的性器官像鸟儿一样雀跃，它在寻找一个阴暗的巢穴。我抽枝发条，像蓝色的树皮在身边开拓自己的空间。我站起身：被学院拒于墙外的双手伸向夜空，试图获取某些征兆；在我身上产生的萌动像是受某种神圣的引力邀发；春雨潺潺，奔流过我赤裸的躯干。我的脚掌是唯一仍与宿命的大地产生连接的地方，终有一天大地要将我收走。生活令人心醉，希望使人乱了阵脚，为了免于跌倒，我攥住了偶然经过的竞技运动员柔滑温软的肩膀：我们一起跌倒，这种交缠被我们称之为爱。对我而言，孱弱的爱人们不过是我必须命中的靶心，是一匹匹小马驹，我要用手缓缓抚摸他们的颈项，取悦他们，直至苍白的皮肤纹路下透出红色的血丝。即便是他们中间最俊美的，塞贝斯，也不过是胜利者的奖励或赃物，是被呈上的轻巧的酒杯，内中倾注了他的整个人生。其他人则是障碍、是陷阱、是隐匿在绿色木柴下的壕沟。在一位目盲老儒的看护下，我动身前往奥林匹斯：我获得了未成年组比赛的第一名。消失在我头发中的饰带上的金线巧妙地若隐若现。我举起飞碟，在目标与我之间擦出一道鸟翼般纯粹的弧线。数以万计的胸膛为我赤裸手臂做出的抛掷动作而心潮起伏。夜晚，躺在祖屋顶上，我望着星辰盘旋在被尘沙覆盖的奥林匹克运动场上，却未尝试预测我的未来。往后的日子也许将被拳手间的抚摸、友爱的拳来拳往充满，马儿慢跑着奔向不可名状的幸福。喧嚣声突如其来，在家乡的城垣之内响起。硝烟如同薄纱，覆盖了天空，一道道火柱代替了石柱。碗碟碎裂的声音淹没了厨房里女仆被强奸时发出的尖叫；在醉汉怀里，一只残破的里拉琴发出处女般的呻吟。我的亲人们消失在溅满鲜血的废墟中。一切都在摇晃，一切都在坍塌，一切陷入灰飞烟灭。彼时，我一时搞不清这围城、这大火、这屠杀是否真实发生了，还是这些敌人不过是情人，起火的只是我的心？苍白而赤裸，我受到的羞辱映在金色的盾牌上，我任由英俊的敌人践踏我的过去。一切在鞭笞与沦为奴隶中落幕：不过话说回来，塞贝斯，爱情其实也会带来这样的后果。商人们来到骚乱过后的城市，渴望捞上一桶金。我站在公共广场上，世界绕着我旋转，像一只巨大的齿轮，而我成了苦刑犯。我的狗再也无法在尘世的平原与丘陵间追赶鹿群；果园结满果实，却再也不属于我；我曾在浪花间休憩，此后却再也无法躺在紫色的沙滩上懒洋洋地随波逐流。农贸市场的空地上只剩下成堆的手臂、大腿与乳房，铁矛曾瞄准它们；汗水与血水在我脸上流淌，阳光的暴晒使我露出怪相，看起来像在微笑。苍蝇像黑色的痂结在我们被烧伤的疤痕上。地面热得令人难以忍受，我不得不轮流抬起赤足，仿佛在恐惧的支配下开始起舞。我闭上眼睛，不愿再看到映在猥琐的眼瞳里的自己的样子。我甚至想毁掉听力，不愿再听到有人猥亵地点评我的美貌；堵住鼻腔，不愿再闻到他们的灵魂令人作呕的气息——相比之下尸体都似散发香气；最后，丧失味觉，这样才感受不到顺从在嘴巴里留下的令人反感的味道。然而，我被捆住的双手阻碍了我赴死。一只手臂滑过我的肩膀，支撑我、抚慰我；捆住我双腿的绳子断了。焦渴难耐，我跟随这陌生人走出尸体堆，丧生在那里的人们倒是因此免于不齿之事。我走进一所房屋，被推倒的土墙上尚余未干的泥土；我以一叠干草为席；买下我的男人扶起我的头，让我能啜饮羊皮袋里盛着的最后一口水。一开始我以为这是出于爱；然而他的手在我身上流连，不过是为了包扎伤口。后来我以为他为我涂抹膏药时抛洒的泪水是出于仁慈。可是我全错了，塞贝斯，我的救命恩人是贩卖奴隶的商人；他哭泣，是因为预见到在雅典闹市的交易中我的伤口将贬低我的身价；他不愿意爱我，是害怕萦心于一个如此脆弱的商品，他必须趁着它还新鲜的时候脱手。塞贝斯，造成一项善举的起心动念并非总是相似的，也并非都出自善意。这个男人将我带回他在科林斯的奴隶营中；他为我租了一匹马，这样我就不需步行了；在暴雨时节，他只能保证一小部分畜生不在涉水渡河时淹死；穿越科林特地峡时，我们必须丢掉坐骑走过焰火熊熊的道路；太阳对我们每个人而言都像是沉甸甸的负担，我们被压弯了腰，甚至快要碰到地上自己的影子。在转过一片松林之际，通往雅典的地平线向我们展开了：沉睡中的城市像一个小女孩般腼腆地延展在大海与我们之间。山丘上的庙宇沉睡着，像一位玫瑰色的神。不幸没能使我哭泣，我的泪水却因美本身而落下。那一晚，我们睡在迪普利翁门下。街道充满尿味、油漆的哈喇味以及被风吹得四散飞扬的灰尘味。贩卖绳子的小贩在十字路口吆喝，向过客推销一个他们用不上的自缢机会。重重楼台立在我面前，挡住了帕特农神庙。妓女们的房檐下点着一盏灯笼：所有的房间都装饰着地毯与银色的镜子。这监狱如此奢华，使我不由得为将被迫在此度过余生而害怕起来。我日日溜进一间小小的圆形客厅跳舞，那里摆着一些低矮的桌子，这比奥林匹克竞技场上那些比赛的清晨更令人心潮澎湃。孩提时代，我曾在开满野水仙的草地上舞蹈，脚踏在最鲜嫩的花朵上。如今我踏着痰渍舞蹈，在橘子皮上跳，在醉汉摔碎的玻璃杯残渣上跳。我染过的指甲在灯盏投下的光圈中闪闪发亮；熟肉散发腾腾热气，人们口中吞云吐雾，使我分辨不清客人的面庞，也因此无法憎恨他们。我是赤身裸体的幽灵，在为鬼魂们舞蹈。鞋跟敲击着肮脏的地板，每一下都使我作为年轻王子的未来堕落得比过去更深；我绝望的舞蹈是对斐多的蹂躏。一晚，一位生着金色髭须的男人坐在位于灯光正下方的桌子旁：即使没有老鸨从旁阿谀奉承，我也能看出他堪与奥林匹斯诸神媲美。他像我一样俊美，但美貌只是他所拥有的无数品质之一，他只差不朽这一特质便可成神。整整一夜，年轻的男人在微醺中看着我跳舞。第二天，他又来了，可不再是一个人。同行者是一位扎着绷带的矮个子老头，他像一根需要靠一只铅锤坠着才能绷直的绳索，一群嬉闹的孩子就能轻而易举将他掀翻。然而这肥硕、狡狯的男人似乎有自己的重心、自己的法则，他的反对者们费尽力气也难以改变他的密度：犹如森林之神般的腿展开惊人一跃，他便置身于绝对当中。对于这如树桩般笃实、如讽刺画般理想，且足以主宰自我的人而言，绝对是他安身立命的基石。理性对于诡辩家而言，莫若一个纯粹的空间，在此他孜孜不倦地令形式旋转：阿尔西比亚德斯 [1] 有如神明，这混迹街头的流浪汉则形同宇宙。他磨损的外衣下藏着神的公山羊脚。这个因智慧而浮肿的男人转动着巨大、苍白的双眼，就像戴

---

[1] 阿尔西比亚德斯，古雅典知名政治家、演说家和将军，也是苏格拉底的追随者。

着镜片，他灵魂的美德与缺陷透过其中，似乎皆被放大了。在他笃定的目光下，我双腿的肌肉、脚踝的骨头仿佛重新变得结实，我的鞋跟仿佛插上了他思想的翅膀。这尊潘神是由一位粗枝大叶的雕塑家雕刻而成的，他在理性的笛子上吹奏着永恒生命的旋律；在他面前，我的舞蹈不再是为了实现某种功能的条件，就像星辰的足迹。正如智慧在纵欲之人眼中是无稽之谈，酣饮的恩客从我的轻盈之中只看到纵情声色。阿尔西比亚德斯拍掌唤来舞场老板：我的东家走上前，摊开手掌好装下一些金币。这个男人对卑劣的勾当早已司空见惯，他并非仅仅算计这几个德拉克马：他在这片人间热土上嗅到的每一次作奸犯科，不但意味着可能带来一桩好生意，也能使他感到安慰，因为这说明了人人都有不堪的一面。东家将我唤来，以便让客人好好欣赏这件富于生气的商品：我在他们桌边坐下，在这年轻男人身畔本能地找回了无拘无束的孩提时代的姿态，他身上有我已经失去的高傲。为了买下我，阿尔西比亚德斯花光了钱袋里所有金币，他不得不褪下两只沉甸甸的镯子。翌日，他将启航远征西西里：我已经开始幻想以我的胸膛为他挡住危难，像一件温柔的铠甲。然而年轻的神并不以为意，他买下我不过是为了取悦苏格拉底：生平第一次，我尝到了拒绝的滋味。拒绝令人蒙羞，将我推向智慧。我们三人并肩走上被一场暴雨冲刷过的街头：阿尔西比亚德斯消失在一辆战车的轰隆声中；苏格拉底提着灯笼，这颗孱弱的星星比天空中冷冷的眼睛晃动得更厉害。我跟随我的新主人来到他的小小房舍，一个衣冠不整的女人正等着他，咒骂不休；蓬头垢面的孩子们在厨房里叽叽喳喳；每张床铺都布满臭虫。贫穷、衰老、他丑陋的容貌与别人的美貌，像毒蛇般鞭笞着这位正义的化身：他和我们所有人一样，是被判了死刑的奴隶。天伦之乐也有不堪的一面，多表现为缺乏尊重，这使他感到沉重。然而这个男人并没有选择从遁世中获得超脱，像一具生怕一抬头就磕到坟墓顶的尸体一样静止不动。他明白命运不过是模具，我们将灵魂倾倒其中，生与死将接受我们作为其雕刻匠。游手好闲的男人轮流模仿他的石匠父亲与助产士母亲：像接生员一般，他将灵魂释放出来；同雕刻匠一样，他从人体柔软的粗坯中塑造神的形象，非议落在他身上不过像一层大理石粉末。他的智慧层出不穷，就像事物拥有多种角度，这使他既能感受纵情声色的快乐，又能像运动员一样感受成功、像冒险家一样感受在机遇之海中沉浮的刺激。他一贫如洗，却享受着巨贾的富足，如果不是因为追求看不见的收获，他本可以真正拥有它们。他恪守贞操，虽然只要他认为这些对"苏格拉底"是有益的，就可以夜夜品尝送上门的荒淫无度的滋味。他容貌丑陋，那不过是因为他耗尽了偶然赋予卡尔米德[1]的那种恰如其分的美貌，命运使灵魂寓居的身躯也曾是高大，但它最终化为了无限的苏格拉底的一种存在形式，并不比其他形式更珍异。正如神能够自由自在地创造人类，他的自由来源于创造自己。裹挟着我赤裸双足的漩涡，构成他一成不变的隐秘眩晕，他已对此了然于胸：我看到的他站得笔直，被星辰环绕而不为所动，并不因此晕头转向。他就像雅典清朗的夜空中聚集起的一团黑影，承

---

1 卡尔米德，雅典哲学家。出身于名门望族，相貌极为俊美，并且充满智慧。

受着从神圣深渊吹来的猛烈而冰冷的北风，却不去削弱它的力量。晨间，我追随着这位高尚的捎客穿过薰衣草田，他日日向雅典的年轻人介绍新的、赤裸裸的真理。我护卫着他走过皇家画廊，死亡就像阿尼图斯[1]化身的猫头鹰，对着他鸣啸，毒芹正在干旱的田野一隅生长，雅典市集上一位陶器商刚刚制造出将灌满毒药的酒杯，诽谤正在轻蔑的阳光下酝酿成熟。只有我窥见了智者掩藏起来的疲惫：只有我看到他从腌脏的床上起身，俯身摸索凉鞋，上气不接下气。然而如果仅仅是疲惫，并不会让七旬老人放弃尚存的几口气。这老者终其一生都在用一个清晰的真相换取另一个更加明确的真相，用一张心爱的美丽面庞换取另一张更为美丽的面庞。他最终选择用动脉硬化引发的平庸而缓慢的死亡，来换取一种更实用、更恰当的死亡方式。死亡将由他的所作所为来决定，就像一个忠心耿耿的女孩，在夜幕降临时来到床畔为他掖好被角。这样赴死足以留下深刻印记，将伴随关于他的记

---

1 阿尼图斯，雅典知名的将军，也是控告苏格拉底的三个人之一。

忆绵延几个世纪，是构成他生活之德行的一部分，也延长了他通往永恒的道路。雅典应当在律法的凝灰岩上建立神庙，并为其每时每刻更趋于完美的神性而感到骄傲。而蔑视礼法的人应当坐在那不如纯粹思想动人的门廊下，教导年轻人只相信自己的灵魂。披着丧服的仆人走向领头的雅典法官，递给他一只盛满苦涩琼浆的杯子。这平静的待死者就像无尽碧空中的一个污点——正因为有它，才使得天空更蔚蓝。对他而言，死亡显然比阿尔西比亚德斯更具吸引力——毕竟他没有阻止它溜上他的床来。那晚，正到了一年中年轻的乞丐们手中握满玫瑰花的季节，在太阳亲吻着雅典的面孔欲向它道别的时刻。一条船返回港口，收起双翼，洁白得如同朝圣者纷纷顶礼膜拜的神明的天鹅。一座监狱开凿在岩石一侧，大风与浪潮的哭喊声灌进它敞开的大门。在幽邃有如地窖般的牢狱内，苍紫色的神庙仿佛向我们揭示出神的旨意。富有的克力同沉吟不觉，为贤者不许他为其用金砖铺就一条逃亡之路而愤懑不平。阿波罗陀若像孩子一样失声哭号，涕泗横流。我愁肠百结，忍住不发出叹息。柏拉图缺席。西米阿斯手执一笔，匆匆记下行将就木的男人最后几句妙语警句。然而，复归平静的口中只能勉强吐出只言片语：智者无疑是懂得了他一生曾孜孜不倦诉诸的话语，最终将他带往的正是寂静的边缘，在那里唯活跃着神的心跳。我们终将懂得沉默，也许是因为终于学会了倾听；我们终将停止行动，当我们学会凝视静止的事物，而这也正是死亡的智慧。我跪在床畔，主人将手放在我飘逸而浓密的头发上。我知道，他将生命献给了一场精彩绝伦的落败，并从爱的幻觉中提炼出了最根本的法则。他宣称，获得爱情不过是为了最终将其超越，毕竟肉体不过只是一件能够装裹灵魂的最漂亮的衣裳，没有了阿尔西比亚德斯的微笑和斐多的秀发，苏格拉底又是什么？这位老人对世界的认知，最远仅限于雅典城郊，可他所恋慕的几具温柔躯体，不仅教会了他绝对，更教会了他宇宙。他那有些颤抖的双手在我颈背上漫溯，就像走进春意盎然的山谷；最终，在堪破永恒不过是无数个独一无二的瞬间之聚合之后，他感受到丝滑的、金灿灿的永恒生命正从指尖逃逸。狱卒走进来，端着一杯从无辜的植物中榨取的致命液体；我的主人一饮而尽，人们除下铐住他的铁链，我温柔地为他按摩疲惫不堪的双腿。他在临终时言道，享乐与痛苦相伴相生，两者本无差别。这使我落泪，毕竟在享乐中我曾获得一席之地。当他准备躺下时，我帮他把布满褶皱的旧大衣盖在脸上。我最后一次感受到他善意的、近视的目光的重量，从那悲伤的狗一般的大眼睛中流露出来。就是在这时，塞贝斯，他命我们向医药神献祭一只公鸡：他将带着这绝妙诡计的秘密离开。我想我能理解，这个追寻了半个世纪智慧的男人是多么疲惫不堪，渴望先睡个好觉，再追逐复活的机会。未来充满不确定性，成为苏格拉底曾使他心满意足，现在，他渴望扼住来自永恒早晨的信使的咽喉。随着夕阳西下，心也跟着结冰：慢慢僵冷，意味着智者真正的死亡。我们这些信徒已准备好分道扬镳、不再往来，彼此之间只感到淡漠、厌烦，也许还有憎恨。我们只是殒殁的哲学家麾下一群乌合之众罢了。死亡的种子在每一个人的生命中迅速成长：阿尔西比亚德斯倒在盛年的门槛，被时间之剑刺穿；坐在酒馆长凳上的西米阿斯萎靡不振；富有的克力同死于中风。只有我隐身在迅疾变化的速度之中，绕着几座坟墓划出巨大的弧线。在智慧之上起舞，就是在沙粒上起舞。运动的海水每天带走一点寸草不生的贫瘠土地。死亡的静止对我来说不过是速度达到顶峰时的状态：真空带来的压力使我心碎。我舞蹈着跨过城市的围墙，跨过雅典卫城的土堤，旋转的身体像命运女神的纺锤，摇织自己的死亡。我被泡沫覆盖的双足始终踏在频频被潮水冲刷的岩石上，可我的额头却触碰着星辰，宇宙中的风卷走了我为数不多的记忆，它们曾阻碍我回归本真。苏格拉底和阿尔西比亚德斯不过是些名词、数字罢了，是我颤抖的双脚在虚无中画出的徒有其表的形象。野心不过是圈套，智慧包含舛错，邪恶也可能说谎。这世上既没有美德、怜悯、爱情或节制，也没有它们的对立面，所有的只是一只空空的贝壳，在狂喜或不如说是悲痛的高地上舞蹈，是一道出现在形式风暴之中的美的闪电。斐多的长发在宇宙的夜空中散开，像一道悲伤的流星。

爱是一种惩罚。我们被判处不能独自生活。

***

必须去爱一个生命，才能承担忍受痛苦的风险。必须无比爱你，才能拥有忍受你的能力。

***

我无法阻止自己将爱情视作纵欲的一种更为精致的形式，一个打发时间的法子，一种忽略时间的方式。欢愉从高空中迫降，伴随着最后几下心跳疯狂的引擎声。祈祷声在翱翔时升起，灵魂在爱升天时将身体带往那里。为了使圣母升天成为可能，必须有一位主。你恰好足够美、足够盲目、足够苛刻，可以被视作上帝的形象。再没有更合宜的，只有你能做我安身立命的基石。

***

你的头发，你的双手，你的微笑，唤起遥远的地方一个我爱的人。那个人是谁？就是你。

***

凌晨两点。老鼠在垃圾桶里啮噬着白天逝去后剩余的残渣：城市属于幽灵、刺客和梦游者。你在哪里，在哪张床上，在哪场梦里？如果我遇见了你，你经过时不会看见我，因为我们只有在梦中才能看见彼此。我不饿：今晚我全然无法消化我的生活。我感到疲倦：我在你的记忆中播种，走了一整夜。我不需要睡眠：我甚至对死亡也丧失了胃口。坐在一张长凳上，早晨的临近使我不由自主变得迟钝，我停止了提醒自己要将你忘怀。我阖上了双眼……小偷只想拿走戒指，恋人只渴望彼此的肉体，传教士只想要我们的灵魂，刺客只想夺取生命。他们可以从我这里取走我的：我看未必改变得了什么。我仰起头，感受着头顶上树叶的悸动……我置身于森林里，在田野间……在这个时刻，时间伪装成了清洁工，神也许扮成了拾荒者。他吝啬又顽固，即使在酒馆门口的一地牡蛎壳中，也要找找有没有遗落的珍珠。天上的主啊……我仿佛看到一位老人在我身旁坐下，穿着棕色衣衫，双脚满是泥泞，为了与我相会天知道穿过了哪条河流？

他瘫倒在长椅上，握紧的手中攥着一件极珍贵的礼物，能让一切变得不同。他慢慢地松开手指，一个接着一个，格外地谨慎，生怕它飞走……他拿着什么呢？一只鸟，一粒种子，一把刀，一把打开心房的钥匙？

***

魂牵梦绕？失陷痛苦？泪水已足够咸涩。

***

无所畏惧？我只害怕你。

CLYTEMNESTRE OU LE CRIME

克吕泰涅斯特拉或罪行

皮埃尔·纳西斯·盖兰:《克吕泰涅斯特拉犹豫地站在睡着了的阿伽门农前》

我向你们解释，法官大人们……我面前有无数双眼睛，无数双蜷曲的手放在膝盖上，无数双赤足踏在石头上，那些定定的瞳孔中目光流转，紧闭的嘴唇在沉默中酝酿着判决。我面前是刑事法庭的石室。我用一把刀杀死了这个男人，在一个浴缸里，在我可怜的情人帮助下，他甚至做不到攥住他的双脚。你们知道我的故事：你们中没有一个人不是在冗长的一餐饭结束前已将它重复过二十多遍，伴着仆人们的哈欠声；你们中没有一个人的妻子，不会在某个夜晚梦想成为克吕泰涅斯特拉。你们罪恶的想法、你们秘而不宣的欲望沿着阶梯滚落，全部灌注在我身上，这种可怕的交流使你们化身为我的良知，而我变成了你们的呐喊。你们之所以来到这里，是为了让现实中的谋杀场面在你们眼中重现得更快一些。一想到家里为了晚餐而准备的热汤正在召唤，你们最多愿意再花上几个小时听我哭诉。在这逼仄的空间里，不仅仅是我的举动，连举动背后的动机也必须暴露在光天化日之下，这些冲动用了四十年才得以最终确认。我很久以前就在等待这个男人，既不知他的名姓，也不知他是何等面目，那时不幸还很遥远。我在人潮汹涌中寻找着能为我带来甜蜜未来的人：我打量男人的方式，就像车站上的人欲从南来北往的行人中找到在等的那一位。正是为了他，乳母将刚出娘胎的我卷入襁褓；为了能帮富人打理生计家业，我在学校的石板上学习算术。我纺布、编织金旗，为了在素昧平生的人选中我成为侍女时，能够装点他可能履足的道路；专心之下，我任由几滴血洒在柔软的布料上。是我的父母为我选中了他：即便他将我带走时家里一无所知，我所遵从的依然是父亲与母亲的意愿。我们的品位得自他们，我们爱的人总是祖辈们理想中的样子。我任由他牺牲了我们孩子的未来，以此成全男人的野心：我的女儿为此殒殁，而我甚至没有为她落泪。我顺从地融入他的命运，就像一块被含在口中的水果，只为给他带来一丝甜意。法官大人们，你们只见到了他在荣光中发福、在历经十年战争后衰老的样子，这魁梧的偶像已久经亚洲女人们的抚弄，身上黏着战壕里飞溅的泥渍。只有我，我熟知他被奉为神的过往。我曾用黄铜托盘为他端上清水，水的清凉将他浸润；在热火朝天的厨房里，我准备菜肴让他充饥，为他补充血液。人类种子的重量使我变得沉重，我将手放在厚厚的肚皮上，这里孕育着我的孩子，一切是如此安详。晚上他狩猎归来，我兴奋地扑进他金色的胸膛。然而男人们生来不会一辈子只在一户人家的火炉边烤手：他开始了新的征程，把我留在原地，像留下一座空空的房子，里面回荡着无用的钟声。他离开后，时间徒劳地流逝，时而断断续续，时而潺潺如流，就像失血，使我的未来一天比一天更贫瘠。休假期间醉酒的士兵向我讲述了后方营房里的生活：开往东方的军队受到了女人们的入侵，那里有萨洛尼卡的犹太女人，有第比利斯的亚美尼亚女人，她们厚重眼皮下蓝色的眼睛使人想起埋在幽暗山洞深处的泉眼，还有肥胖而温柔的土耳其女人，就像掺和了蜂蜜的糕点。我在每个生日收到信件；我的生命在觊觎着邮递员一瘸一拐的步伐中度过。白天我对抗着焦虑，夜晚我对抗着欲望，此外还要没日没夜地与空虚对峙，那是不幸一种浮皮潦草的形式。流年沿着空寂的街道流转，像列队的寡妇；村庄广场上因满是戴孝的妇人而黑压压的。我羡慕这群不幸的女人，她们的对手不过是厚土，至少她们知道，自己的男人孑然独寝。我替他监督田间劳作、海路往来；我看着人们拾穗入仓；我派人将强盗的头颅钉在闹市的绞刑架上；我用他的猎枪射中乌鸦；我由棕色帆布制成的护腿夹在他猎马的两肋。我渐渐取代了我日思夜想、魂牵梦绕的男人。我甚至以他的目光打量起侍女们雪白的脖颈。埃吉斯托斯在我身旁废耕的土地上小跑着；他的青少年时期恰好与我寡居的时日重叠；他快要到了成长为男人的时候，他将我带回了从前的日子，在那悠长的假期里，表兄妹们在树林里彼此亲吻。与其说我们是恋人，不如说我将他视作失落时期孕育的孩子，我为他付清鞋商和马贩子的账单。其实对他不忠，也是我模仿他的一种方式：对我来说，埃吉斯托斯不过就如同他的那些亚洲女人、那群浮花浪蕊。法官大人们，对一个女人而言，这世上只会有一个男人，其余的不过是一次犯错，或可悲的一时权宜。有时通奸不过是忠诚的另一种绝望的形式罢了。若说我对谁不忠，那一定是对可怜的埃吉斯托斯，我需要透过他来确证我爱的人是多么无可替代。当厌倦了爱抚他时，我便登上塔楼，与哨兵共赴无眠的夜。一夜，东边的地平线在晨曦到来前燃烧了三个小时。特洛伊着火了：亚洲的风将火焰与滚滚灰烟吹过海面；喜悦的火苗在哨岗顶端熄灭：阿索斯山、奥林匹斯山、品都斯山和埃里曼索斯山像柴火一样燃烧。最后一道火舌伸向正对着我的山丘，二十五年来它一直遮挡住我的视线。我看到戴着头盔的哨兵俯下前额接收波涛的絮语：在海上某一处，一位佩着金饰的男人倚在船首，正任由螺旋桨一圈圈驱动，将他带回独守空宅的妻子身畔。从塔楼下来时，我携了一把刀。我要杀死埃吉斯托斯，将木床与寝室的方砖地洗刷干净，然后从箱子深处翻出和他别离时我穿的那条裙子，最终将这十年从我的全部人生中一笔勾销。路过一面镜子时，我停下来微微一笑：猝然间我看到了自己，这一瞥使我发现我长了灰发。法官大人们，十年是多么不容小觑：它比特洛伊城到迈锡尼城堡之间的距离更长；过去的一隅位于比我们现在所处之地更高的地方，我们终究只能顺着时间而下，却不能上溯。一切都似噩梦：我们迈出的每一步只能使我们离目标更远，而不是趋近于它。国王将看到一位肥硕的厨娘代替他年轻的妻子站在门口迎接他。他会感谢她把他的后院与酒窖打理得井井有条。等着我的将不过是几个冷冰冰的吻。但凡我自尊心未泯，我应该在他归来前自刎，这样就不会在他发现我已衰老时，读到他脸上的失望了。可是我多么希望在死前能再见他一面。埃吉斯托斯在我的床上恸哭，惊慌失措得像个犯了错的孩子，等待着父亲的惩罚；我靠近他，用最和缓的语气对他倾吐谎言，告诉他不会有人泄露我们的夜间幽会，他那叔叔找不到理由不再爱他。其实，我倒希望他知晓这一切，一旦激起他的愤怒与复仇的欲望，我在他的思绪中就占据了一席之地。为了更有把握，我在人们寄给他的信中附上一封匿名信，在信中对我所犯的过错夸大其词：我将能把我的心剖开的刀锋磨利。我盘算着也许他会用这双惯于拥抱的双手将我掐死；至少我也算是死在他的怀抱中了。这一天终于来了，战舰在乐队与欢呼的喧嚣声中泊进纳夫普利亚的港口；红色罂粟开满堤坝斜坡，仿佛夏天接到了盛装的指令；教师们允许村里的孩子们放一天假；教堂钟楼鸣响。我在迈锡尼城的狮门前等待着；玫瑰色的遮阳伞掩盖了我的苍白。马车的车轮在斜坡上发出刺耳的声音；村民们架起车辕，放开马匹。在道路转角，越过茂盛的树篱，我终于看到了四轮马车的顶棚，但我注意到我丈夫不是一个人。他身畔傍着一个女巫之流的土耳其女人，这是他挑选出的战利品，尽管她多少被士兵间的戏弄糟蹋过了。她几乎还是个孩子；她伤痕累累的黄色面孔上长着一双美丽而幽暗的眼睛；他抚摸着她的手臂，让她不要哭泣。他扶她下了马车；他冷漠地吻了吻我，并对我说，他指望我能宽容地善待这个父母双亡的年轻女孩；他握了握埃吉斯托斯的手。他和我一样也变了模样。他边走边气喘吁吁；粗壮、通红的脖子从衬衫领口溢了出来；染成焦红色的胡子掉落在胸间的褶皱中。不过他依然俊美，只不过像一头健美的公牛，而不再是如神明般的英俊。他与我们一起登上前厅的台阶，我让人在此铺满了紫红缀饰，就像我们新婚之日一样，这样就不会看到我的血迹。他几乎对我视而不见；晚餐时，他没有注意到我准备的全是他最爱的菜肴；他一杯接一杯地饮酒；匿名信被扯开的信封，从一只袍袖中露出一角；他向埃吉斯托斯夹了夹眼睛；吃甜点时，他嘟囔着醉汉之间流传的那些关于女人寻求慰藉的笑话。在饱受蚊子侵扰的露台上，夜晚漫长得像是永无止境：他与那女伴说着土耳其语，她似乎是某位部落首领的女儿，我从她的举手投足之中发现她怀有身孕。这孩子可能是他的，也可能属于某个嬉笑着将她拖出部族营帐的士兵，曾用鞭子抽着她走向我方的战壕。她似乎具有预测未来的禀赋：为了讨我们欢心，她为我们看了手相。一看之下，她面色苍白，牙齿开始打颤。法官大人们，我也通晓未来。所有的妻子都具备这种能力：她们总是能预料到一切不得善终。他习惯在睡前洗一个热水澡。我上楼为他准备好一切：在水流声的掩盖下，我高声啜泣。洗澡水在木柴燃烧中变热。一柄用来劈柴的斧子被随手放在地板上。我下意识地将它藏在了浴巾架后面。有那么一瞬间，我想要布置一场意外，做得神出鬼没，让头顶上的汽油灯来当替罪羊。可是我不禁希望他能够看着我的脸死去：我不过是为此才要谋杀他，我要迫使他明白，我并非无足轻重到可以随意丢弃或随便转手他人的。我轻轻唤来埃吉斯托斯；我朱唇漫启，他闻声面色铁青。我命令他在楼梯间等我。另一个男人正迈着沉重的步子登上台阶；他脱下衬衣，浸在热水中的肌肤变成了紫色。我为他在脖颈处打上肥皂，因为颤抖得太厉害，肥皂屡屡脱手而出。他感到气息渐滞，粗鲁地命令我打开高处够不着的窗户；我呼唤埃吉斯托斯过来帮忙。他甫一进来，我便锁上了房门。后背朝着我们的男人并未留意我。我笨拙地砍下第一刀，仅仅擦破了他的肩膀；他直起身来，肿胀的脸上现出大理石般的黑纹；他像牛一样哞叫，惊慌失措的埃吉斯托斯抓住他的双膝，仿佛在讨饶。他在湿滑的浴缸深处失去了平衡，跌作一团，脸浸在水里，水中冒出汩汩之声，就像一声叹息。这时，我向他砍下第二刀，正好劈中了他的前额。我相信他已经死了：剩下的不过是一具绵软的、余温犹存的皮囊。有人曾说那场面可谓血流成河，其实他流的血很少，与我生下他的儿子时所流的血相比，真是小巫见大巫。在他死后，我们又杀死了他的情妇：如果她真的爱他，这反倒是一种宽宥。村民们站在我们这边，齐齐保持了缄默。我的儿子还太年轻，尚无法大肆宣泄对埃吉斯托斯的恨。几星期过去了，我本该重归平静。可是您们知道的，法官大人，心魔难祛，总是卷土重来。我重又回到等待之中：他回来了。别摇头：我跟您们说，他回来了。他——一个十年间从未想过给自己放上八天假离开特洛伊的人——从死亡中重返。枉我砍断他的双腿，他依然能走出坟墓：这阻止不了他在夜晚偷偷溜进我的房间，双脚夹在腋下，像小毛贼夹着鞋子以免发出声音那样。他的影子罩住了我：他看起来像没注意到埃吉斯托斯也在。后来，我的儿子到警察局将我揭发：我的儿子也是他的幽灵，是他精魄的化身。我想着也许锒铛入狱至少能令我重获安宁。可是他还是找来了：也许他偏爱我的牢房甚于他的坟墓。我知道我的脑袋最终会落在村子广场上，埃吉斯托斯也将死在同一把刀下。真滑稽啊，法官大人：听说您们早将我审判了多次，可我得到的报偿却是明白了人死后也永远不得安宁：我重新站了起来，鞋跟后面拖着埃吉斯托斯，像拖着一只可怜的猎犬。我将在夜晚出发沿路找寻神的正义。我将在我的地狱一角重新见到这个男人：起初，他奉上的亲吻会使我重新爆发出喜悦的尖叫。可他之后仍会将我抛弃——他要去征服死亡的异乡。如果说时间是活人的血液，那么永生就是亡灵的血液。我在等待他返回的过程中耗尽了我的永生，终将渐渐变成最苍白的幽灵。他又要回来了，来将我羞辱一番：他将在我面前抚摸他那年轻的土耳其女巫，她最善于摆弄墓穴里的骨头。这可如何是好？总不能杀死一个死人吧。

不再被爱，就是变为隐形状态。你再也不会注意我有一副身体。

***

在死亡与我们之间，有时仅仅横亘着一个存在的厚度。一旦将它去除，唯有死亡而已。

***

幸福是多么索然无味!

***

我的鉴赏力得自不同的、与我产生因缘际会的朋友。仿佛我只有通过人的双手才能拥抱这个世界。我从亚森特那里掌握了花卉品鉴，从菲利普那里尝到了旅行的乐趣，从赛来斯特那里加深了对医学的见地，从亚历克西那里学会鉴赏花边饰品，为何不能向你讨教死亡的滋味?

SAPPHO OU LE SUICIDE

萨福或自杀 [1]

---

1 萨福，古希腊著名的女抒情诗人，以歌颂同性之爱而闻名。

爱德华·德加:《费尔南德马戏团的拉拉小姐》

刚才，在化妆室一面镜子深处，我看到一个叫萨福的女人。她苍白似雪，像个死人；面孔清透，有如麻风病人。为了掩饰苍白，她搽了胭脂，这使她看起来像一位惨遭谋杀的女人，仅面颊尚存隐约血色。她的双眼为了躲避日光而深陷，远离了龟裂的眼皮——它们早已无法提供庇荫。她长长的鬈发一簇簇脱落，像暴风雨来临时森林中的落叶；她每天拔下新长的白发，这些灰白的丝线就快能织成一匹裹尸布了。她为她的青春哭泣，仿佛在哭一个叛逃的女人；她为她的童年哭泣，仿佛在哭一个走失的孩子。她是那么地瘦削，以至于沐浴时，必须背对镜子避免看到自己可怜兮兮的乳房。她穿行在一座座城市之间，拖着三个装满了假珍珠、鸟羽的箱子。现在的她是一名杂技演员，正如古典时期她曾是一位诗人，她形状特殊的肺部迫使她从事一个在半空中开展的职业。每一晚，她都投身于那些能用眼神将她吞没的野兽之中，在一个满是齿轮与撑杆的空间里扮演星星的角色。她背靠着墙，被海报上闪光的字母弄得斑斑驳驳，作为这群风靡一时的幽灵中的一分子，在灰色城市上空漫步。这富于磁性的生命，对于大地来说太过轻飘，对于天空来说太过肉感，她那打过蜡的双脚打破了将我们与土地相连的契约。死亡在下面鼓动着眩晕的纱巾，却从未能蒙蔽她的双眼。从远处看，她赤裸的躯体镶满星辰，像一个拒绝成为天使的运动员，不愿将完成危险跳跃的能力归功于神迹；她披裹的长罩衫就像翅膀，她看起来就像一个假扮的女人。只有她知道，自己的喉咙下含着一颗过于沉重、巨大的心，以至于只能装在那被乳房撑大了的胸脯深处：这深藏在骨头制成的笼子深处的重量，为她每次冲向虚空掺入了不安全感的致命滋味。为了不被这只难以驯服的野兽吞噬，她暗暗努力成为其心的驯兽师。她出生在一座岛上，开端就奠定了孤独：此后她从事的职业又迫使她每晚站在高处，与世隔绝；睡在星辰宿命中的露天舞台上，衣衫半褪，承接着从深渊中吹出的风，她为缺乏温柔感到痛苦，就像缺少一个枕头。她生命中的男人充其量不过是她爬过的一级级台阶，为此而弄脏双脚在所难免。不论是经理、长号手还是广告代理人，他们上过蜡的胡子、香烟、酒气、条纹领带、皮夹子都使她感到厌恶，尽管这些流于表面的男子气概往往使女人们浮想联翩。只有年轻女孩的身体足够柔软、足够灵活，像流体一样，能够任由这大天使的双手操控，有时，她开玩笑似的佯装在深渊边缘松手。她想将她们长久留在这抽象的空间里，但并不成功。四面皆是空中杂技的围栏，她们很快就被这振翅欲飞的翼吓坏了，放弃了充作她的空中伴侣。她不得不重新落到地面，与她们一道过着筚路蓝缕的生活，自此温存沦为了周六的一项余兴节目，沦为负责帆缆索具水手在女伴们陪伴下度过的一日假期。在令人透不过气的凹室里，她向着虚空打开绝望的大门，姿态有如一个男人，迫于爱情不得不生活在一群玩偶中间。所有女人都爱一个女人：她们都痴痴地爱着自己，总是满足于从自己的身体中发现美。萨福锐利的双目看得更远——这是一对充满忧愁的远视眼。她询问年轻的女孩们从镜子中能获得什么——这群轻薄的女人正忙着打扮自己的偶像：一个微笑回答了她颤抖的微笑，越来越靠近的嘴唇喷出雾气，模糊了人影，让镜面发热。那喀索斯只爱眼前的自己。置身于女伴们中间的萨福苦涩地倾心于她不曾是的模样。她一贫如洗，且怀着一颗对艺术家而言不利于获取荣耀的蔑视之心。她预见到未来只有深渊万重，只能抚摸着女伴们的身体感受幸福，她们却没有那样强烈的危机感。领圣体的人们戴着面纱，仿佛将灵魂悬挂在身体之外，这使她联想起比自己的童年更纯真无邪的童年时光——即使经历过幻灭，人们依然会不断赋予别人一个没有罪孽的童年。年轻女孩们苍白得令人难以置信，唤起了她对童贞的记忆。她为吉丽诺的傲慢倾倒，俯身亲吻她的双脚；与安纳托利亚相爱使她尝到在民间节日上大口咀嚼甜面饼的滋味，见识了流动商贩的木马，感受了稻草搔在躺卧的漂亮女孩颈部的乐趣。从阿提斯身上，她爱上了不幸。[1] 她是在一座

---

1 吉丽诺、安纳托利亚、阿提斯均是萨福抒情诗中提到过女性，她曾为她们倾注了感情。

大城市深处遇到的阿提斯，那座城市因人们的叹息与河水雾气变得令人窒息。阿提斯的嘴里残留着刚刚咀嚼过的姜糖的味道；煤灰的痕迹挂在她泪水纵横的脸上；她跑上一座桥，披着假水獭皮，穿着磨破了的凉鞋；她年轻的山羊般的脸上流露出淡淡的、难以被驯服的神色。为了解释她紧抿的嘴唇为何苍白得有如一道伤口留下的疤痕，为了解释她的双眼为何像一对破损的绿松石，她在记忆深处保留了三个不同的故事，实际上也是不幸的三个方面：她的男伴——那个习惯了每个周日晚上与她一道进进出出的人——抛弃了她，因为某一晚在出租车上，她拒绝顺从地接受他的抚摸。一位年轻女子曾在学生公寓一隅借给她一张足以安睡的沙发，可是后来却出于误会谴责了她，以为她要抢夺她未婚夫的心而把她赶了出去。再后来，她遭受了父亲的殴打。她惧怕一切：幽灵、男人、13这个数字、猫绿色的眼睛。酒店的餐厅令她头晕目眩，像进入一座庙宇，她认为有必要压低说话声音；她为浴缸拍手称快。萨福为这个古灵精怪的孩子花去了大笔积蓄，那是靠着这些年的柔韧性与莽撞大胆攒下来的。她向马戏团领班们力荐这位平庸的艺术家，虽然她只会用花束耍把戏。在每一个国都，她们一起绕着城市中所有的圆形舞台、露天舞台旋转，遵循着唯有变动是一成不变的规律，这恰是流浪艺人的特性，也是悲伤浪荡子的特点。为了使阿提斯避开挤满富人的旅店里那份混乱喧阗，她们迁进装潢过的出租屋。每天早晨，她们一起缝补戏服和窄小丝袜上的破洞。为了照拂这个病恹恹的孩子，扫清道路上可能诱惑她的男人，萨福原本忧郁的爱情不由自主地带上了母性色彩，仿佛十五年未结果的肉体之爱，最终给她带来了一个孩子。阿提斯在楼梯间遇到的所有吸着烟的男人，都使她回想起从前的男伴，或许她为曾挡开他的吻而后悔：萨福总是听她谈起菲利普漂亮的衬衣、蓝色的袖扣，还有他摆满黄色影碟的架子，装饰着在切尔西的房间。最终她在脑海中清晰地勾勒出了这位穿着得体的生意人的画像，就像其他那些曾不可避免地闯入她生活中的男性情人一样：她漫不经心地将之置于那些最坏的记忆当中。阿提斯开始将眼皮涂成紫色；她到邮局的信件自取窗口拿信，读完后再将它们撕掉；她在外出工作的旅途中变得异乎寻常地好打探，在这类旅行中，年轻男人们总是免不了与穷苦流浪艺人在行路中交会。萨福为不能给阿提斯提供一个生活的避难所而感到痛苦；同样使她痛苦的是，支撑着这个脆弱、轻巧的脑袋倚靠在她宽厚的肩膀上，只有对爱情的恐惧。这鼓足勇气不让一滴泪水落下、含辛茹苦的女人发现，她只能以柔情困住她的女伴们；她唯一的托辞是安慰自己，无论什么样的爱都不会有比献给这些颤动的生命更好的选择了，即使阿提斯离开了她，这女孩也几乎不太可能比现在更幸福。一晚，萨福从马戏团回来，比平常稍晚了一些，为了使阿提斯心花怒放，还带着一束拾来的花。门房路过时不同寻常地对她蹙了蹙眉；盘旋而上的楼梯突然变得像一条蛇一样。萨福注意到，牛奶瓶没有放在擦鞋垫惯常的位置上；甫一走进门厅，她便嗅到古龙水与褐色烟草的气味。她确认过了，厨房里没有正在炸番茄的阿提斯，年轻女孩也没有赤条条地待在浴室里玩水。那个在卧室里等着被安抚、入睡的阿提斯被掠走了。在敞开的、镶着镜子的衣柜前，她为爱人消失的衣物恸哭。一枚蓝色袖扣掉在地板上，暗示了这场逃离的始作俑者；萨福执拗地不愿相信这次离开即是永诀，否则她怕是只有一死才能接受这个结果。她又开始一个人艰难地走过不同城市的圆形舞场，贪婪地在一排排房间里找寻一张脸，痴心妄想着这副面孔，胜过对一切身体的渴念。暌隔多年之后，一次在黎凡特的巡演将她带到士麦那；她得知菲利普在那里有一份生产东方烟草的营生；他刚刚与一位强势而富有的女人结了婚，那女人绝不会是阿提斯；被抛弃的小女孩加入了一个舞团。萨福在黎凡特的每一家旅馆里寻找阿提斯，受到门房或傲慢、或粗鲁、或奴颜婢膝的接待；她寻遍每一处欢场，在那些地方汗水的气味往往掩盖了香水味；她寻遍每一间酒吧，无论是酒精带来的一时迟钝还是人声鼎沸的热闹，最后留下的无非是黑色木桌上摆成一圈的酒杯。她甚至去了救世军[1]庇护所搜寻，徒劳地希望找回一贫如洗、任人垂涎的阿提斯。在伊斯坦堡，出于偶然，她每晚坐在一位不修

---

1 救世军，一个成立于1865年的慈善救济组织，具有宗教背景。

边幅的年轻男人身边，他像在旅行社工作的职员；他有点脏的手懒洋洋地托住盛满忧思的额头。他们就像两个在爱情中萍水相逢的人一样，互道了几句客套话。他说他叫法翁，母亲据称是士麦那的希腊女人，父亲是从英国漂泊而来的水手；再度听到这动人的口音，就像环绕在阿提斯唇畔的一样，萨福怦然心动。他的过去也藏着关于逃离、苦难与铤而走险的经历，这与战争无关，却隐隐关乎某种内心的法则。他似乎也属于那类总是处在岌岌可危之中的人，对于他们，哪怕只有一个不稳定且往往只是临时的容身之所，就足以安身立命。没有居住证的男孩为自己找到了合适的营生：他当走私犯，贩卖吗啡，也许还是某个地下警察局里的探子。他生活在一个萨福从未涉足过的隐秘世界，到处是阴谋与暗号。他不需要向她讲述自己的故事就已在彼此之间建立起不幸者的同盟。她对着他尽情地落泪，专心地向他讲述阿提斯。他想他曾经见过她：他模糊地记起曾在佩拉的一个小酒馆里见过一个赤身裸体的女孩在用花束耍把戏。他有一艘小帆船可供他在周日航行于伊斯坦布尔海峡上；他们寻遍了河岸边所有老式咖啡馆、海岛上的餐厅以及靠近亚洲的家庭式膳宿公寓，一些贫苦的异乡人卑微地生活在那里。坐在船尾，萨福借着灯笼的微光望着年轻男人晃动着的英俊面庞，现在他是她在人群中唯一的太阳。她从他的面部线条中发现了一些特征，正像她曾爱过的那个出逃的年轻女孩：一样坟起的嘴唇，像被一只神秘的蜜蜂蜇了一下；擎在不同的秀发之下的是一样小巧而倔强的额头，他的头发更像浸在蜜中；一模一样的双眼，像两块狭长而浑浊的绿松石，只不过一对嵌在晒成褐色的脸上，一对嵌在浅灰色的面庞中。对比之下，褐色头发、面色苍白的小女孩仿佛不过是一块被弄丢了的仿照金棕色神祇制成的蜡像。萨福惊讶地发现，她慢慢更喜欢起这副僵硬的肩膀，它们就像空中杂技的桅杆；更喜欢这因摇桨而变得结实的双手，以及他那如女性般柔美的身体——它是那么恰到好处，使她不由为之心折。躺在船的深处，她沉浸在这艘公劈开波浪时带来的新的悸动之中。她再度提起阿提斯，不过是为了告诉他这个已经失去的女孩是多么像他，而她的美貌甚至略逊一筹：法翁带着不安且含着嘲讽的喜悦接受了这些赞美。她当着他的面撕碎了阿提斯的来信，信中，阿提斯宣告她将归来，而她甚至没留神看来信的地址。他看着她做出这些举动，颤抖的唇上浮现出一丝浅笑。生平第一次，她无视了她严肃的职业必须遵守的律条；她暂停了那些能够让每一块肌肉置于灵魂掌控之下的练习；他们一起吃晚饭，这对她来说简直不可思议，她吃得有点太多了。她只能和他在这座城市再待上几天了，那些合约驱赶着她，迫使她去其他城市上空翱翔。他终于答应与她共度临走前的最后一晚，在她寓居的那间临港的小小公寓里。她看着他在拥挤的房间里走来走去，就像一段轻重音符杂沓的旋律。法翁不知道该做些什么，似乎生怕破坏了某种脆弱的幻觉，他带着好奇俯身注视着阿提斯的肖像。萨福坐在铺着土耳其刺绣的维也纳沙发上，双手揉搓着面颊，仿佛要尽力将回忆的痕迹抹去。这个一直以来总是选择更孱弱的女孩来奉献、诱惑与保护的女人，终于黯然地缴了械，软绵绵地屈从于她的女性器官与心的重量，为从此以后只需在恋人身旁作出接受的姿态而感到幸福。她听着年轻人在隔壁房间徘徊；洁白的床铺展开，就像无论如何总是敞开着的希望；她听到他打开梳妆台上的瓶瓶罐罐，像窃贼一般坚定，又像一个自诩可以为所欲为的挚友，在抽屉中摸索。最后，他打开了衣柜的两扇门板，衣柜里挂着的几件裙子像上吊的女人，掺杂着一些属于阿提斯的俗丽衣饰。突然，一抹丝绸般的声音欺近，像幽灵发出的窸窣声，又像能使人失声尖叫的抚摸。她站起来、转过身：爱人穿上了阿提斯离开时留下的浴袍，披在裸体上的平纹细布使他那双具有女性气质、如同舞蹈演员般的长腿更加突出；摆脱了严肃的男装，这灵活而光滑的身体与女人的身体别无二致。变装之后，更加应付裕如的法翁不再仅仅是离去仙女的一个替代品；迎面而来的就是一个年轻女孩，带着涌泉般的笑声。失魂落魄的萨福未及整理衣衫便夺门而出，她要逃离这个有血有肉的幽灵，他能给她的不过只是同样令人悲伤的亲吻。她下楼来到堆满碎屑与垃圾的街道，街道一直通向大海；她猛地扎进汹涌的人群之中。现在她明白了，没有任何一次相遇能够将她救赎，因为不论走到哪里，她最终找到的依然是阿提斯，她巨大的面孔堵住了所有并非通往死亡的出路。夜幕降临，如疲惫一般，模糊了她的记忆；几滴鲜血残留在落日之畔。突然间，她听到喧阗的锣声，仿佛是发烧掀起了锣鼓在心中的碰撞：习惯驱使下，她不知不觉来到马戏团，这时正是每晚与眩晕的天使搏斗的时刻。她最后一次陶醉在野兽的气息当中，那是她生命的气息；陶醉在喧闹而不和谐的音乐声中，那是爱的声音。剧团的一位服装管理员为她打开了死刑犯的牢房；她一丝不挂，仿佛是为了向神献祭；她擦上厚厚的白粉，这使她摇身变成幽灵；她匆匆在脖子上挂上一串纪念品项链。一位穿着黑衣的引导员过来提醒她时间就要到了：她攀上通向空中绞架的绳梯。她逃向高空，为了躲避嘲讽；她怎么会相信真的存在那样一个年轻男人。她从橘树贩子的吹嘘叫卖中、从双颊绯红的孩子们撕心裂肺的笑声中脱离出来，摆脱了舞者的衬裙，摆脱了茫茫人海。在一次肾上腺素的冲动下，她爬上了唯一一个在她看来适合自杀的支点。高空秋千的横杠在空中摆荡，使这个因无法成为完整的女人而筋疲力尽的生命变成了飞鸟。

她滑翔着，像从自己的深渊中飞出的翠鸟，单脚悬挂在不相信不幸存在的观众面前。娴熟的技艺妨碍了她：尽管付出了努力，她还是没能失去平衡。死神是患有斜视的骑士，将她送到下一个空中秋千的鞍上。她终于登上了比聚光灯还要高的区域：观众们再也无法为她鼓掌，因为他们已经看不到她了。她将唯一的希望寄托在拴在拱顶的绳子上，拱顶上刻满了星星，将天空撕碎才是摆脱一切的办法。风令人眩晕，让绳子、齿轮以及将她制伏住的命运绞盘吱嘎作响；整个空间开始摇晃、颠簸，使人有如置身大海，在凛冽的北风天，布满星辰的苍穹在毛糙的桅杆间晃动。彼端的音乐就像巨大而平滑的海浪，能够涤荡一切记忆。她的眼睛再也无法分辨出是红色火焰还是绿色火焰；扫过黑压压人群的蓝色照灯使女人赤裸的肩膀在四处闪耀，仿佛一块块温柔的礁石。萨福紧紧抱住她的死亡，像抱住一块礁石，她选择在不会被网拦住的地方落下。杂技演员的技艺只在大型马戏团的一半空间内施展，圆形剧场另一端，小丑们正在沙滩上指挥着海豹间的游戏，没有什么能阻挡她赴死。萨福一跃而起，仿佛为了拥抱那一半无限性而张开双臂，只有一条来回晃动的绳子留在身后，那是她离开天空的证明。然而，对生命念念在兹的人注定要面临自杀失败的风险。她歪斜着下落时撞到一盏灯，就像撞到一只巨大的蓝色水母。她感到头晕眼花，却毫发无伤，撞击将没用的自杀者抛向一张由光线的泡沫交织、散开而形成的网；承受着这具从天空深处打捞上来的雕塑，拦网在重量之下不断弯曲，却未曾折断。片刻之后，工人们将这具大理石般苍白的身体拖到沙地上，她汗水涔涔，像一个在大海中溺水的人。

我不会自杀。逝者是多么容易被遗忘。

***

幸福往往只建立在绝望的基石之上。我想我可以着手搭建了。

***

不要指责我生命中的任何一个人。

***

这不是自杀，仅仅是打破一项纪录。

Marguerite Yourcenar

[法] 玛格丽特·尤瑟纳尔 (1903—1987)

出生于比利时布鲁塞尔, 1987年在美国缅因州荒山岛辞世。1980年入选法兰西学院, 成为该机构350年历史上第一位女性"不朽者"。

尤瑟纳尔深受自古希腊罗马以来的欧洲人文主义传统浸润, 同时从早年起即对东方哲学和文学怀有浓厚兴趣。她的作品以渊博的学识、广阔的视野和深邃的哲思见长, 包括诗歌、戏剧、随笔等, 尤以小说著称。主要作品有小说《哈德良回忆录》《苦炼》《默默无闻的人》等, 回忆录《世界迷宫》三部曲也享有盛誉。

尤瑟纳尔的语言优美洗练, 深具古典韵味。

许予朋

毕业于北京大学法语系, 后于巴黎索邦大学获文学硕士学位, 主修法国文学。

图书在版编目(CIP)数据

火/(法)玛格丽特·尤瑟纳尔著;许予朋译. —
上海:上海三联书店,2024.2
ISBN 978 - 7 - 5426 - 8282 - 6

Ⅰ.①火…　Ⅱ.①玛…②许…　Ⅲ.①散文诗-诗集
-法国-现代　Ⅳ.①I565.25

中国国家版本馆 CIP 数据核字(2023)第 201212 号

FEUX © Éditions Gallimard,Paris,1974
本文中文简体字版由法国伽利玛出版社授权上海三联书店独家出版
版权所有　侵权必究

上海市著作登记　图字:09 - 2023 - 0916 号

火

著　　　者 / [法]玛格丽特·尤瑟纳尔
译　　　者 / 许予朋

责任编辑 / 李巧媚
特约编辑 / 陈思多
装帧设计 / ONE→ONE Studio
监　　　制 / 姚　军
责任校对 / 王凌霄

出版发行 / 上海三联书店
　　　　　　(200030)中国上海市漕溪北路 331 号 A 座 6 楼
邮　　　箱 / sdxsanlian@sina.com
邮购电话 / 021 - 22895540
印　　　刷 / 上海展强印刷有限公司

版　　　次 / 2024 年 2 月第 1 版
印　　　次 / 2024 年 2 月第 1 次印刷
开　　　本 / 787 mm × 1092 mm　1/32
字　　　数 / 70 千字
印　　　张 / 5.125
书　　　号 / ISBN 978 - 7 - 5426 - 8282 - 6/I·1841
定　　　价 / 42.00 元

敬启读者,如发现本书有印装质量问题,请与印刷厂联系 021 - 66366565